*Christoph Leuchter   Letzter Akt*

*Christoph Leuchter*

# *Letzter Akt*

*Roman / Steidl*

*»Vom Auge löst den harten Schleier mir,*
*Dass ich die Pein im Herzen mag verhauchen,*
*Eh wiederum gefriert dies Weinen hier.«*

Dante, *Die Göttliche Komödie*

# *Prolog*

Ein kleines Dorf in der Toskana, genauer: ein Dorf in der Nähe von Florenz. Nicht Fiesole, das wäre zu nah. Dorthin schwappt noch das Städtische, das Kulturelle, dorthin zieht es die Touristen. Das Dorf, um das es hier geht, könnte zwanzig bis dreißig Kilometer von Florenz entfernt liegen. In dieser Gegend sind Hinweisschilder am Straßenrand meist ungenau, und der Name des winzigen Ortes steht ohnehin nirgends. Als hätte man ihn einfach vergessen oder gutwillig von der Landkarte gestrichen.

Der Weg ist alles andere als leicht zu finden, dafür birgt er zu viele unerwartete Abzweigungen, und das letzte Stück ist völlig unbefestigt. Für gewöhnlich will ja auch niemand dorthin. Wenn aber plötzlich eine Leiche in einem Schuppen hängt, dann ändert sich das schlagartig.

Weil es sich um ein vergessenes Dorf handelt, leben dort beinahe nur alte Menschen. Die Jungen sind längst fortgegangen in die Städte, wo das Leben brodelt. Und so vergessen und sich selbst überlassen wirken die Figuren wie aus einer anderen Zeit: die alte Maddalena, noch viel älter als alle anderen; der Lehrer ohne Schüler; der todkranke Apotheker Barelli mit seiner divenhaften, immer noch schönen Frau; Pater Giuseppe, ein gestrandeter Pfarrer mit Talent zum Automechaniker, und nicht zuletzt der Tischler, Paolo Veronese, den alle für einen Künstler halten.

Mit diesen Hinweisen auf seine Bewohner ist der Ort zwar nur grob umrissen, doch besser getroffen als mit einer Beschreibung der Häuser, Straßen oder Plätze. Aber Figuren machen noch keine Geschichte. Es fehlt der entscheidende Anstoß, das Motiv. Warum soll man eine Geschichte aus der tiefsten toskanischen Provinz erzählen? Und dieses Motiv liegt, wenn man es genau nimmt, ebenfalls in einer Figur: einem deutschen Professor, seit einigen Jahren emeritiert, der sich in Bezug auf sein Alter kaum von den übrigen Dorfbewohnern unterscheidet. Diese nennen ihn Di Landa, wegen der großen Wiese hinter der sogenannten Professorenvilla, oder weil sie seinen Namen der Einfachheit halber ins Italienische übertragen haben. Ursprünglich hieß Di Landa einmal Martin Vonderheid, geboren 1914 in Berlin.

Jetzt ist er sechsundsiebzig Jahre alt. Die Welt versucht sich gerade auf ihre neuen Bedingungen einzustellen, auf die veränderten politischen Verhältnisse, das Ende der Ideologien. Nach dem Fall der Mauer ist Deutschland in den Mittelpunkt der Betrachtungen geraten, zumindest der europäischen. Mancherorts sieht man mit Hoffnung und Freude auf das ehemals geteilte Land, andernorts mit Skepsis und Furcht, überall mit Neugierde. Doch in dem toskanischen Dorf scheinen diese Dinge belanglos zu sein. So sehr die germanische Abstammung des Professors möglicherweise zu Beginn ein Nachteil war, so wenig gereicht sie ihm jetzt zum Vorteil. Völlig ungeachtet weltgeschichtlicher Ereignisse ist Di Landa mittlerweile ein akzeptiertes Mitglied der Dorfgemeinschaft, was an seiner ruhigen und bescheidenen Art liegen mag, vielleicht auch an seinem fast makellosen Italienisch, ganz sicher aber an seiner höchst makellosen Frau: Marie ist Französin und obendrein mehr als dreißig Jahre jünger als der Professor. Sie ist die eigentliche Attraktion des vom Aussterben bedrohten Ortes. Neben Di Landa und den übrigen Alten sieht Marie mit ihren zweiundvierzig Jahren wie ein junges Mädchen aus.

Vor knapp zehn Jahren haben die beiden das Haus am Rande der großen Wiese gekauft von einem niederländischen Lottomillionär. Der verließ »dieses Wachsfigurenkabinett inmitten der Hügel und Wälder« und zog in eines der lieblichen Weindörfer in der Gegend von Siena. Zuvor hatten Di Landa und Marie in Paris gelebt, wo der Professor mittelalterliche Literatur unterrichtete, französische wie italienische. Nun hält er nur noch ab und an Vorlesungen an der Universität von Florenz, lebt ansonsten aber das beschauliche Leben eines Privatgelehrten im Ruhestand.

Die Wiese, gleich hinter dem Haus, führt über die Distanz eines Fußballfeldes zu einem hinfälligen Schuppen, beinahe ein Häuschen. Es steht direkt vor den ersten Bäumen des angrenzenden Olivenhains. Mindestens einmal am Tag schreitet Di Landa die Wiese in Richtung des Schuppens ab, bei jedem Wetter. Auch jetzt geht er schweren Schrittes wieder diesen täglichen Weg. Er trägt einen nicht mehr neuen schwarzen Anzug, darunter ein weißes Hemd ohne Krawatte. Die Füße stecken in ramponierten Pantoffeln, was möglicherweise der frühen Uhrzeit geschuldet ist. Die Morgensonne lässt das schüttere Haar auf dem etwas zu kleinen Kopf wie silbrig glänzende Spinnweben erscheinen. Wenn Di Landa nicht gerade in das helle Licht blinzelt, ist das klare Blau seiner Augen zu erkennen, fast so wässrig wie der Himmel an diesem gerade erwachenden Samstag im März.

# *Erster Akt*

# 1

Manchmal geriet ihm das Bild im Kopf wahrer als die Gegenstände im Halbdunkel des Schuppens: Werkzeug, Holz, rostige Eisenstangen, Bottiche, alte Autoreifen. Wie oft hatte er sich die Szene schon ausgemalt, bevor er den Fuß über die Schwelle setzte? Längst kannte er die immer gleichen Details.

Soweit sich Professor Di Landa erinnerte, hatte er den Riegel niemals ohne Beklemmung zur Seite geschoben. Das Gefühl war da, sobald er den Rasen betrat, beim Entriegeln der Holztür konnte er es auf der Zunge schmecken: hinten nach Wermut und vorne nach Anis. Di Landa öffnete die Tür so behutsam, als schlüge er eine mittelalterliche Handschrift auf, mit einem Auge schon durch den sich weitenden Spalt ins Dunkel spähend.

Als diesmal der Tote unter der Decke des alten Schuppens pendelte, hielt Di Landa das zunächst nur für eine Variation seiner Einbildung. Keiner seiner Gänge über die Wiese hatte ihn je zu einem Erhängten geführt, der an einem Glockenseil hing. Den aus drei Hanfseilen und einem roten Faden gedrehten Strick aus der Dorfkirche erkannte er auf Anhieb. Bisher hatte sein Toter immer korrekt und wie aus dem Ei gepellt auf den Holzscheiten gesessen.

Jetzt bemerkte Di Landa auch Blutstropfen in den Sägespänen, und Blut war in seinen Bildern nie vorgekommen. Blut erzählte vom Leben, ganz gleich, ob es sich um Tropfen im Schnee oder im Sägemehl handelte, das wusste Di Landa, und er sah ein, dass die Realität in dieser Hinsicht seine Vorstellung noch übertraf.

»Blut!«, schrie Di Landa, und noch einmal: »Blut!«

Irgendwann wurde er gehört. Nach und nach versammelte sich das ganze Dorf an der Unglücksstelle. Alle waren sich einig, den Erhängten nie zuvor gesehen zu haben. Nur die alte Maddalena konnte sich im Zusammenhang mit der Reise zum Begräbnis ihrer amerikanischen Großmutter – sie war damals ein kleines Mädchen von sechs oder sieben Jahren gewesen – an jemanden erinnern, damals auf dem Schiff, der genauso ausgesehen hatte. Als man der Alten erklärte, dass dieser Mann wohl nicht in Betracht komme, begann sie, die Summe der seit der Schiffsreise verstrichenen Jahre an den zu wenigen Fingern abzuzählen. Von ihrer Überzeugung ließ sie sich jedoch nicht abbringen.

Zunächst unternahm niemand etwas. Vielleicht weil der Tote die blaue Zunge herausstreckte. Als es aber irgendwann hieß, man könne den Ärmsten nicht ewig so hängen lassen, zumal ja morgen Sonntag sei, versuchten gleich drei Männer auf einmal, das Glockenseil zu zerschneiden – ohne Erfolg. Auf einer gegen den Dachbalken gelehnten Holzleiter standen sie sich nach allen Regeln der Kunst im Weg und fluchten über den verdammten Strick und die stumpfen Messer. Paolo der Tischler machte endlich den Vorschlag, dem Unbekannten die Schlinge auf angemessenere Weise vom Hals zu lösen. »Aufknoten! Was einer zusammenschnüren kann, kriegt man auch wieder auseinander.«

Das Problem war die wahrhaft gordische Qualität des Knotens, hinzu kam die Ungeduld der Beteiligten, und niemand traute sich, den Toten anzufassen oder gar anzuheben. Also bearbeitete man das zweckentfremdete Glockenseil bald wieder mit den kleinen Taschenmessern, bis endlich der

Schuppen selbst ein Einsehen hatte: Der Balken, an dem sich der Tote noch lebend befestigt hatte, brach mitten entzwei, und das nun haltlose Dach stürzte mit infernalem Getöse auf die schaulustige Menge. Einigen gelang die Flucht nach draußen, die meisten aber konnten nur noch schützend die Hände über den Kopf halten. Sie taumelten, fassten in andere Gesichter, schrien oder husteten Staub aus der Lunge und blieben in Erwartung des Schlimmsten einfach dort liegen, wo sie hinfielen. Schließlich legte sich der Tumult ebenso schnell, wie er begonnen hatte.

Als Di Landa wieder zu sich kam, fühlte er eine Platzwunde über dem rechten Auge. Warmes Blut rann über Schläfe und Wange. Er richtete sich auf und ließ den Blick durch die neue Trümmerlandschaft wandern. Von dem alten Schuppen war nur eine Ruine übriggeblieben. Di Landa versuchte, Ordnung in seine Gedanken zu bringen. Noch immer hatte er diesen bittersüßen Geschmack im Mund.

## 2

Was vorgefallen sei, wollte der junge Kommissar mit der altmodischen Schlägermütze von Di Landa wissen. Der aber hockte stumm neben dem Toten, den man nach dem großen Knall hinausgeschafft und an einen Baum gelehnt hatte. Und so fasste anstelle des Professors Paolo der Tischler das Geschehene zusammen: »Der Tote hing im Schuppen, der Professor hat ihn gefunden, dann ist alles eingekracht.« Grinsend zeigte er seine schlechten Zähne.

»Mein Name ist Corelli«, verkündete der Kommissar und wollte noch mehr sagen, kam aber nicht dazu, weil er nun wie auf Kommando von allen Seiten bedrängt wurde. Jeder hatte etwas zu erzählen, der eine korrigierte den anderen, der Nächste wusste es noch besser, und die alte Maddalena wiederholte die Geschichte vom Begräbnis ihrer amerikanischen Großmutter. Die Menge verstummte erst wieder, als der Kommissar sich lautstark nach der Identität des Toten erkundigte. Doch auf diese Frage gab niemand eine Antwort.

Also wurde die Ruine des Schuppens fotografiert, und der junge Kommissar sprach etwas in ein kleines Diktiergerät. Das Glockenseil wanderte in eine Plastiktüte, und einer der Polizisten fischte ein Taschentuch aus den Trümmern, ein weißes Taschentuch mit den eingestickten Initialen W und R, die unter den drei ausgefransten Blutflecken wie die Signatur eines Gemäldes wirkten. Zwei der roten Kleckse lagen auf derselben Höhe, ungefähr eine Handbreit auseinander, der dritte ebenso viel tiefer, sodass die Verbindung der Punkte ein auf den Kopf gestelltes Dreieck ergeben hätte –

nahezu gleichschenklig. Das Blut war von dem tiefdunklen Rot schwerer Alicante-Weine, die undurchsichtig bleiben, selbst wenn man das Glas gegen grelles Licht hält. »Schöne Farbe«, meinte der Tischler, und niemand widersprach, denn Paolo der Tischler war ein Künstler, das wusste jeder.

Als vor zwei Jahren die Dorfkirche renoviert wurde, lieferte er die Rahmen für einen neuen Kreuzweg. Wie sich herausstellte, gab es aber überhaupt keine Bilder, die man hätte rahmen können. Dabei hatte der Tischler mit der Bestellung der vierzehn Rahmen die genauen Maße der nicht existenten Gemälde erhalten, was sich im Nachhinein kaum erklären ließ. Einen Maler zu beauftragen, war schlicht vergessen worden und das nötige Geld mittlerweile in den Taschen der Anstreicher, Steinmetze und Dachdecker verschwunden. Pater Giuseppe fluchte und tobte. Dann erklärte er dem die Hand aufhaltenden Tischler, er könne sich, wie es aussehe, seine Rahmen sonst wohin schieben.

»Amen«, sagte der Tischler. »Aber bezahlt wird trotzdem!« Sprachs und zog ein Papier aus der Tasche, das eine in großen Schwüngen absolvierte Unterschrift besiegelte, die bei den letzten Buchstaben etwas ins Straucheln geraten war. Geschlagen erkannte der Pfarrer den eigenen Schriftzug.

»Aber man kann doch keine leeren Rahmen ins Kirchenschiff hängen!«

»Warum nicht?« Theatralisch rang der Tischler die gewaltigen Hände: »Das gerahmte Nichts!«

Da aber hatte Pater Giuseppe, wie er später gern erzählte, eine göttliche Eingebung und gönnte sich aus Freude darüber einen Schluck Messwein, wodurch er seinen Worten ungewollt einen zeremoniellen Anstrich verlieh: Der Tischler solle selbst das Nichts zwischen den Rahmen füllen, das Fehlende hineinmalen. Als Lohn versprach der Pater ihm die Kollekten bis Ostern.

Und Paolo der Tischler malte einen Kreuzweg, wie ihn die Welt noch nicht gesehen hatte. Eines Tages kam sogar ein bekannter Kunstsammler aus Mailand, der dem malenden Tischler für seinen »Christus vor Pilatus« eine blasphemische Summe bot. Der Kunstsammler machte sein freundlichstes Gesicht, doch der Tischler empfahl, er solle sich hurtig verpissen. Als die vierzehn Bilder schließlich in der frisch gestrichenen Kirche hingen, da wusste jeder, dass Paolo der Tischler ein Künstler war.

Über den Toten aber wusste niemand etwas. So sehr sie auch suchten, man fand keine Papiere. Niemand hatte vor dem ganzen Trubel etwas Auffälliges bemerkt, was ärgerlich, aber nicht zu ändern war. Erst als Corelli in die Hände klatschte und noch einen schönen Tag wünschte, rührte sich Professor Di Landa, der die ganze Zeit stumm und apathisch neben dem Toten gesessen hatte. Er räusperte sich, legte den Kopf in den Nacken, blickte in den wasserblauen Himmel und sagte: »Er heißt Wolf Rosenstein.« Und langsam, als wollte er die Worte diktieren, fügte er hinzu: »Er war mein Freund.«

## 3

Mit Corellis plötzlichem Auftritt sind einige Details bereits festgelegt: Da ist die altmodische Mütze, immerhin nicht kariert, sondern schlicht grau; das im Vergleich zum übrigen Personal nahezu jugendliche Alter, vielleicht einunddreißig; und Corellis Beruf. Er ist Polizist, genauer gesagt Kommissar, offenbar bei der Mordkommission in Florenz, was allerdings für den Fortgang der Geschichte deutlich weniger von Bedeutung ist, als man auf Anhieb meinen möchte. Ursprünglich hatte Corelli nach einer Pianistenkarriere gestrebt, das Studium jedoch schon nach drei Semestern abgebrochen. Die Gründe dafür werden noch auszuführen sein.

Wenn er, was selten genug geschieht, einmal die alte Kappe absetzt, dann kommt darunter sein braunes, fast rötliches Haar zum Vorschein. Wäre es nicht so kurz geschnitten, fiele es in Locken, und im Gegensatz zu Di Landas weißgrauen Überresten ist es noch fest und dicht, bis auf eine kleine sich abzeichnende Stelle am Hinterkopf. Zusammen mit dem elfenbeinfarbenen Gesicht verraten diese Haare untrüglich die norditalienische Herkunft seiner Ahnen. Eher noch würde man auf Mailand oder Verona tippen als auf die Toskana, aber Corelli selbst stammt tatsächlich aus Florenz. Für den hellen Teint mag allerdings auch das tagelange Klavierspielen in dunklen Konservatoriumsräumen verantwortlich sein. Davon abgesehen lässt das Gesicht die musische Ader jedoch nicht erkennen, dafür ist es zu grob, zu kantig und zu verschlossen.

Eine Tasse Kaffee vor sich auf dem Tisch, paffte er eine Gauloise, die ihm die Dame des Hauses angeboten hatte. Marie lächelte und steckte sich auch eine an, nahm einen tiefen Zug und blies den Qualm kunstvoll in die Luft:

»Tragen Sie diese Kappe auch im Bett?«

Er wollte etwas antworten, konnte aber nicht. Was war das? Er traute seinen Ohren kaum. Der Klang der Wörter ließ deren Bedeutung zur Nebensache werden, und dieser Zauber hielt an, solange Maries Stimme den Raum flutete, sie an den Wänden gebrochen und zurückgeworfen wurde, Strudel bildete und alles mit sich riss. – Corelli hörte keine Sprache, er hörte Musik.

Schuld war möglicherweise der französische Akzent der Professorengattin – doch im Augenblick war er viel zu überrumpelt, um das genauer zu analysieren. Corelli badete in dieser Stimme, wollte am liebsten in sie eintauchen, untertauchen, wenn es sein musste, absaufen. Er schnappte nach Luft, nicht ohne sich selbst in diesem Moment noch zu wünschen, die Opernkarten, die ihm am Abend zwei Plätze für Don Giovanni sicherten, einzutauschen gegen ein Billet, das ihn berechtigte, dieser französischen Musik einen ganzen Tag lang zu lauschen.

»Nehmen Sie Zucker? Milch? – Ist Ihnen nicht gut?«

Corelli schüttelte den Kopf und musste seinen Kaffee deswegen schwarz und bitter trinken. Er hoffte auf weitere Kostproben, doch zunächst nahm Marie wortlos ihm gegenüber auf dem Sofa Platz. Dabei klemmte sie, sobald sie sich ihrer Schuhe entledigt hatte, den rechten Fuß zwischen ihr linkes Bein und die Sitzfläche, beeindruckend geschmeidig, fand Corelli. Eine Ballerina, aus deren Mund Musik erklang, sobald sie ihn öffnete. Vor den Ehrfurcht einflößenden Folianten in den hohen Regalen wirkte die Frau sehr zierlich. Er musterte sie, während er sich auf ihre lange Pause mit Fermate konzentrierte: die dunklen Haare ein wenig wild, als hätte Marie sie kurzerhand selbst geschnitten, absichtlich gerade so lang, dass immer eine Strähne ins Gesicht fiel; noch dunklere, fast schwarze Augen, die Grenze zwischen Iris und Pupille war nicht auszumachen; die klar gezeichnete Nase mündete in etwas zu breiten Nüstern, aufgefangen durch die vollen ungeschminkten Lippen; die Haut hell wie seine eigene; umso deutlicher stach der Leberfleck auf der linken Wange hervor; ein graziler Hals. Corelli wollte Musik hören. Er musste die Ballerina zum Reden bringen.

»Kannten Sie den Toten?«

Sie sei ihm nie begegnet, antwortete Marie, kenne ihn nur aus den Andeutungen ihres Mannes.

»Leben Sie schon lange in Italien?«

»Nicht lange genug. Das hören Sie ja.«

»Kaum«, log Corelli. Woher sie denn stamme?

»Aus Paris!« Sie zog geräuschvoll an der Zigarette. »In Paris geboren, zur Schule gegangen, studiert, was man eben so macht. Ich wollte nie fort.«

»Was man nicht alles will …« Corelli war drauf und dran zu erzählen, dass er als Kind auf einer Paris-Reise mit seinen Eltern beinahe im Louvre verloren gegangen war, fand es dann aber unpassend und ließ es bleiben. Stattdessen besann er sich seiner Pflichten und erkundigte sich danach, wie Marie den Fund der Leiche erlebt habe.

»Gar nicht. Ich hatte Dienst. Ich bin Ärztin.«

»Sie haben eine Praxis?«

»Nein, ich arbeite im Krankenhaus. In Florenz.« Und sie sprach weiter, nannte wohl auch den Namen der Klinik, aber den hörte Corelli schon nicht mehr, das heißt, er hörte ihn wohl, der Sinn der Wörter drang jedoch nicht bis in sein Bewusstsein, denn die Musik setzte wieder ein, schwoll an und brauste durch seinen Körper. Weite Bögen, kraftvoll und gleichzeitig erstaunlich weich, ein Cello in hohen Lagen, warm und fordernd; und die tieferen rauen Töne trafen ihn an einer empfindlichen Stelle.

»Entschuldigung!«, rief Professor Di Landa und ließ die Musik schlagartig verstummen. »Tut mir leid, dass Sie warten mussten. Es geht mir schon wieder besser«. Hatte er geweint? Seine Augen schienen verquollen. Als er die Treppe von der Galerie aus herunterstieg, benutzte er beide Hände, um sich am Geländer festzuhalten. Den angeschlagenen Eindruck milderte ein wenig das frische Hemd, das er übergezogen hatte – wieder ein weißes. Unten angekommen setzte er sich neben seine Frau auf das Sofa, und Corelli ergriff die Initiative.

»Wolf Rosenstein.« Wie Kaugummi zog er den Namen in die Länge, um ihm die Härte zu nehmen. »Deutscher?«

Di Landa nickte: »Ich selbst stamme auch aus Deutschland. Wie gesagt, wir waren Freunde, von Kindheit an.«

»Und Ihr Name?«

»Eigentlich heiße ich Vonderheid. Aber die Leute im Dorf haben den Namen gewissermaßen italienisiert. Ich nehme es als Kompliment, manchmal nenne ich mich schon selbst so, eine Art – Künstlername.«

Corelli wurde bis über beide Ohren rot, als er bemerkte, dass er unentwegt nur Marie angesehen hatte. Er hielt sich die

Tasse vor das Gesicht und rutschte auf dem Sessel so ungeschickt hin und her, dass der Kaffee überschwappte und auf den Teppich tropfte. Marie holte einen Lappen aus der Küche, bearbeitete den Fleck aber ohne jede Akribie und beruhigte den Kommissar: Er könne so viel verschütten, wie er wolle. Ihr gefalle dieses Vieh von einem Teppich ohnehin nicht.

»Möchtest du, dass auch ich meinen Kaffee verschütte?«, mokierte sich Di Landa.

»Esel«, sagte Marie, doch in Corellis Gehörgang hallte es wie eine zärtliche Liebkosung nach … Er nahm einen Block aus der Tasche und suchte nach einem Stift, um mit den üblichen Fragen fortzufahren. Routine war immer ein Segen! Er erfuhr, dass Di Landa seinen Freund Rosenstein seit über fünfzig Jahren nicht gesehen hatte, was er unkommentiert ließ. Genauer hakte er hinsichtlich des Leichenfundes nach, verzichtete aber darauf, sich wie sonst die Geschichte gewissermaßen zweimal erzählen zu lassen. Danach war ihm heute wirklich nicht. Vermutlich handelte es sich ohnehin um einen eindeutigen Fall: Selbstmord. Ein Schuppen war eingestürzt, in dem sich zuvor jemand erhängt hatte, mehr nicht. Am Abend würde er in die Oper gehen, die Karten steckten in seiner Rocktasche. Marie redete erfreulicherweise viel, und Corelli ließ sich immer wieder zu einer letzten Tasse überreden, obwohl er wusste, dass er so viel Kaffee nicht vertrug. Schließlich erinnerte er sich daran, die entscheidende Frage zu stellen: »Warum eilt Ihr deutscher Freund ohne jede Ankündigung hierher, um sich mir nichts dir nichts in Ihrem Schuppen aufzuknüpfen?«

»Ja«, sagte Di Landa und fixierte seinen Gast: »Da haben Sie das Rätsel in Worte gefasst.«

## 4

Am nächsten Morgen fühlte sich Di Landa um Jahre gealtert, und das konnte man sich, wenn man auf die achtzig zuging, eigentlich nicht leisten. Sein erster, mühsamer Blick aus dem Fenster galt der gestrigen Unglücksstelle. Er hatte eine vage Hoffnung, alles nur geträumt zu haben. Der Anblick der Ruine, die einmal ein Schuppen gewesen war, machte diese jedoch zunichte. Außerdem fühlte Di Landa seine Verletzung an der rechten Braue, das heißt, er fühlte das Pflaster, das Marie darauf geklebt hatte.

Erst kurz vor zehn Uhr entschied er, die Sonntagsmesse zu besuchen, um Pater Giuseppe hinterher seine dringende Bitte vorzutragen. Weil er sich noch eine Krawatte umbinden wollte und erst in der Tür bemerkte, dass er sich fast mit den alten Hausschuhen auf den Weg gemacht hätte, kam er zu spät. Di Landa verspätete sich oft bei seinen kirchlichen Gastspielen. Diesmal war er allerdings nicht der Einzige, der die Messe bis zum Evangelium versäumte. Viele Kirchgänger kamen zu spät, aus einem einfachen Grund: An diesem Sonntag war die kleine Glocke des Kirchturms stumm geblieben. Als nämlich der Küster wie gewohnt eine Viertelstunde vor Beginn der Messe die Glocke hatte läuten wollen, lag das Glockenseil zusammengerollt im Polizeipräsidium von Florenz.

Pater Giuseppe verkündete das Evangelium vom Verlorenen Sohn so eindringlich, dass Di Landa die Freude des Vaters über die Heimkehr des Sohnes selbst zu spüren meinte, diese Freude, die sich in dem großen Fest ausdrückte und auf die der Bruder eifersüchtig war. Ja, er würde Pater Giuseppe um ein Begräbnis für Wolf Rosenstein bitten können.

Nach der Messe schlenderte er auf dem staubigen Kirchplatz so lange auf und ab, bis die Farbe seiner Schuhe sich von der des Platzes nicht mehr unterschied. Endlich ging ihm auf, dass der Pater wohl einen anderen Weg aus der Kirche genommen hatte. Er eilte zum Pfarrhaus, läutete aus Versehen zweimal und musste sich bei dem aus schläfrigen Augen blinzelnden Pfarrer entschuldigen, den er offenbar bereits in seinem Mittagsschlaf gestört hatte. Pater Giuseppe winkte ab und führte den Professor in das Zimmer mit dem großen Esstisch, einer Tafel wie in Leonardos »Abendmahl«. Der einzige Wandschmuck war ein Kruzifix mit blutüberströmtem Korpus. Ein paar Fliegen machten sich an einem Käse zu schaffen, der offen auf dem Tisch stand.

Di Landa hatte richtig vermutet: Pater Giuseppe war in der Lage, Sprünge über den eigenen Schatten zu machen, wie man sie einem Priester hier am Ende der Welt nicht zugetraut hätte. Gegen ein Begräbnis für Wolf Rosenstein auf dem Friedhof hatte er nichts einzuwenden. »Muss man ja nicht an die große Glocke hängen!«, brummte er, ohne zu bemerken, wie geschmacklos das in Bezug auf den gestrigen Vorfall war. »Am Ende sind wir doch alle arme Teufel, warum sollten wir also diesem einen den Abgang in Würde verwehren. Nein, nein, Di Landa, machen Sie sich da mal keine Sorgen!« Lediglich die gerichtsmedizinischen Untersuchungen gelte es natürlich abzuwarten, so viel Ordnung müsse sein. Dieser Kommissar werde bestimmt noch mal auftauchen, noch ein bisschen grün hinter den Ohren, nicht wahr, was wohl nicht schade. »Öffnen wir ihm die Tore, dass er nicht auf die Idee kommt, es gäbe etwas zu verbergen…«

»Was auch?«

»Eben. Ich meine ja nur«, sagte der Pater und fing eine Fliege mit der bloßen Hand. Und wenn Sie sonst was brauchen… Sie wissen ja…«

»Danke, es geht schon, das heißt… Marie sagt, ihr Wagen springt schlecht an… wenn Sie vielleicht…«

»Sicher, ich sehe es mir an. Maries Wagen – gleich morgen.« Und Pater Guiseppe rückte ganz nah an Di Landa heran, sodass dieser noch einen Hauch des Messweins aus dem halb geöffneten Mund roch. Die beiden alten Männer sahen sich in die Augen, und der Pater sagte: »Mann, Di Landa, was sind Sie für ein Glückspilz.«

# *Zweiter Akt*

## 5

Über die dramatischen Geschehnisse um Di Landa und das Ende des Schuppens ist Corelli etwas in den Hintergrund geraten, was nicht so bleiben darf. Die Schilderungen des jungen Mannes, wie er ein wenig verloren in der Professorenvilla sitzt, überwältigt von dem Eindruck, den Marie auf ihn macht, wehrlos dem Klang ihrer Stimme ausgeliefert, waren schon recht detailliert. Man wird ihn wohl auch erkennen, wenn er einmal seine altmodische Mütze absetzt. Weil er in dieser Geschichte aber nicht nur als Kommissar, sondern in erster Linie als Mensch interessiert, muss noch das ein oder andere hinzugefügt werden.

Tatsächlich steht Corelli gerade vor den Scherben seines bisherigen Lebens. Vor zwei Wochen ist seine Frau Gina aus der gemeinsamen Wohnung zu ihren Eltern gezogen. Diese leben sehr großzügig in der Via Pietrapiana, sodass Gina die achtjährige Tochter Isabella mitnehmen konnte. Und jetzt ist Corelli allein in den leeren, hallenden Zimmern, unfähig, das Ganze zu verstehen. Er sieht, was alles fehlt, einschließlich der Bilder an den Wänden, von denen nur die Staubränder übriggeblieben sind. Härter als alles Abwesende aber trifft ihn das Anwesende, wenn er zum Beispiel zwischen den Marmeladengläsern im Küchenschrank eines von Isabellas Haargummis findet.

Er kann nicht behaupten, dass er sich vor zehn Jahren oder immer schon eine Familienidylle gewünscht hätte. Seine Träume waren andere: Klavierspielen, Reisen in ferne Länder, mit Gina irgendwo am Strand liegen … Erst jetzt, wo sein bürgerlicher Versuch sichtbar gescheitert ist, versieht ihn Corelli im Nachhinein mit einem Heiligenschein. In den acht Jahren, als Mutter und Tochter noch bei ihm wohnten, muss sich Corelli eingestehen, hat er Isabella nicht ein einziges Mal die Zöpfe geflochten. Nun, da er ihr Haargummi findet, würde er gern tun, was nicht mehr möglich ist. Er fragt sich, wie es so weit kommen konnte, und versucht zu rekapitulieren: wie er sein Musikstudium abbrach, als Gina schwanger wurde und ihm sein Schwiegervater, der Polizeipräsident, eine zweite Laufbahn ermöglichte; wie er sich über die Glücksmomente wunderte, die er empfand, als Isabella geboren wurde und er die neue Ausbildung mit Bravour absolvierte; wie er sich Tag für Tag darauf freute, abends nach Hause zu kommen – zunächst in die Wohnung in der Via Masaccio, dann in die größere Wohnung in der Via Orcagna.

Wann schwanden diese Momente? Wann setzte die entsetzliche Öde ein, die ihm schon morgens die Lust auf den Tag nahm? Er weiß es nicht, weiß nur womit es geendet hat: Abend für Abend starrte er zu Hause apathisch in den Fernseher, nur um plötzlich zu explodieren, wenn Gina ihm irgendwelche Vorhaltungen machte.

Könnte man doch die misslungenen Szenen einfach umschreiben! Er überanstrengt sich bei dem Versuch und muss schweißgebadet feststellen, dass ihm die Dialoge wie zuvor geraten. Manchmal scheint ihm das Ende in der Rekonstruktion noch unausweichlicher als in der Realität, und dann überfällt ihn ein Schwindel.

Zwei Wochen ist es her, dass Gina die Koffer gepackt hat, und vor einer Woche hing in diesem Dorf der Tote im Schuppen. Corelli kommt nur langsam wieder zu sich, beginnt allmählich zu realisieren, was geschehen ist. Die Konturen werden wieder schärfer, aber das tut höllisch weh.

Was ihn dazu bringt, dem kleinen Dorf einen zweiten, aus dienstlicher Sicht überflüssigen Besuch abzustatten, vermag Corelli nicht zu formulieren. Sicher, er überbringt die Nachricht vom zweifelsfrei erwiesenen Selbstmord. Wobei er nicht einmal weiß, ob diese Botschaft für Di Landa eine gute oder eine schlechte ist. Feststeht damit nur, dass hier keine Kriminalgeschichte vorliegt. Diese Nachricht ließe sich jedoch auch telefonisch übermitteln, und er müsste es nicht einmal selbst erledigen. Was zieht ihn also zurück? – Der deutsche Professor mit dem italienischen Namen? Die skurrilen Dorfgestalten? Oder hofft er auf weitere Kostproben französischer Musik?

Alle diese Dinge gehen Corelli durch den Kopf, während er allein am Steuer seines Wagens sitzt und über die verlassene Landstraße fährt. Er fährt langsam. Wieder ist es ein Samstag, und Eile ist nicht geboten.

## 6

Spätestens an der Kreuzung, an der man sich zwischen Pisa und Siena entscheiden muss, stand fest, dass er sich verfahren hatte. Bei der Fahrt vor einer Woche hatte er auf dem Beifahrersitz gesessen und nicht genau auf die Strecke achtgegeben. Sein Orientierungssinn war ohnehin nicht der beste. Hektisch machte Corelli kehrt, ließ den Motor aufheulen und raste kopflos zurück, als müsse er nun doch verlorene Zeit wieder aufholen. An der übernächsten Kreuzung bog er links ab, fuhr einen Hügel hinauf, glaubte eine einsame Steineiche wiederzuerkennen, nahm im letzten Moment einen nach rechts abzweigenden Schotterweg und war sich wieder völlig unsicher, als er das Auto über eine schmale Holzbrücke steuerte, vor der er gerade noch hatte abbremsen können. Er wendete erneut, drückte das Gaspedal durch, hupte eine Katze aus dem Weg, gelangte auf die geteerte Fahrbahn zurück, nahm mit quietschenden Reifen zwei scharfe Linkskurven und kam erst durch das stotternde Geräusch des Motors wieder zu sich.

Er ließ den Wagen ausrollen, lenkte ihn zuletzt, so nah es ging, an den Straßengraben. Als er ausstieg, hörte er das metallische Konzert der Zikaden, sonst nichts. Die Sonne stand im Zenit. Corelli holte tief Luft und ließ die Tür ins Schloss fallen. Die nächste Tankstelle war sicher weit entfernt. In der Werkstatt hatte er ausdrücklich darauf hingewiesen, dass die Tanknadel verrücktspiele, und hatte das Problem, als er den Wagen wieder abholte, für behoben gehalten. Aber man hatte es eben nur mit Idioten zu tun! Was sollte man mit einer Tankanzeige, die falsche Tatsachen vortäuscht? Da verließ man sich besser auf das eigene Gefühl, anstatt sich von einem Zeiger in die Irre führen zu lassen. Corelli holte zu einem kräftigen Tritt gegen den Kotflügel aus, begnügte sich dann aber damit, seine Schuhspitze in den Reifen zu rammen.

Fünf Minuten später zog er los – zu Fuß. An einer Kreuzung würde sich die Chance auf Hilfe verdoppeln. Irgendwann musste ein Auto vorbeikommen. Es werden keine Straßen gebaut, die niemand benutzt, beruhigte sich Corelli. Die einsame Wanderung an Wiesen und Wäldern vorbei ließ diese Hoffnung zusammenschrumpfen. Es kam keine Kreuzung in Sicht und erst recht kein Auto. Corelli lief an einer Umzäunung entlang, gelangte an ein verfallenes Haus, bog um die Ecke und stieß fast mit einem Mann zusammen, der im Schatten der Hauswand auf einer Bank saß und Notizen in verschiedene Hefte machte.

»Kommissar!« Der Mann sprang auf und drückte ihm überschwänglich die Hand. »Schön, dass Sie endlich kommen! Und er erklärte, er sei der Lehrer, und sie hätten sich bei dem Erhängten kennengelernt. »Alle warten schon auf Sie – das ganze Dorf.«

»Wie das?«, erwiderte Corelli sichtlich verwirrt und berichtete von seinem Missgeschick mit dem Wagen. »Ist es weit bis ins Dorf?«

»Einen Moment, ich zeichne Ihnen den Weg auf.«

Der Lehrer riss ein Blatt aus einem der Hefte und begann mit der versprochenen Skizze. Mehrmals hielt er inne, stand auf und betrachtete das Papier aus verschiedenen Perspektiven, hielt es gegen die Sonne wie einen zu prüfenden Geldschein, zeichnete weiter, bisweilen mit geschlossenen Augen, ging die Strecke zuletzt in Gedanken noch einmal ab und überreichte Corelli die Karte.

»Da geht's los«, deutete er auf ein verrostetes Eisentor, das die Umzäunung unterbrach.

»Warum sind Sie eigentlich nicht in der Schule?«, fragte Corelli.

»Es gibt keine Schüler mehr«, erklärte der Lehrer nachsichtig und zugleich beschämt. »Die Kinder sind längst erwachsen. Sie leben in Genua oder Mailand oder Gott weiß wo.«

Corelli öffnete das quietschende Tor, und der Lehrer nickte ihm Mut zu mit einem Lächeln so lausbübisch, dass die Vermutung nahelag, er habe dieses Grinsen einst einem seiner Schüler gestohlen. War Corelli einem Irren in die Hände geraten? Oder wollte man ihn zum Narren halten? Als er die aus dem Heft gerissene Seite betrachtete, blickte er auf ein völlig wirres Gekrakel. So stellte er sich das EKG eines Infarktpatienten vor: unterschiedlich weite Ausschläge in unregelmäßigen Abständen. Die Skizze schien eher ein Rätsel als eine brauchbare Wegbeschreibung zu sein. Jeglicher Orientierungspunkt fehlte: kein Baum, kein Haus, kein Bach, nichts. Er dachte daran, das eiserne Tor noch einmal zu öffnen, doch der Lehrer schien schon wieder in seine Hefte vertieft. Also knüllte Corelli das Papier zusammen und steckte es in die Hosentasche. Der Weg lag ausgetreten und insofern eindeutig vor ihm.

Sanft ging es an Pinien und Kastanien vorbei von Hügel zu Hügel. Corelli glaubte den erdig dumpfen Geruch von Trüffeln in der Nase zu haben, doch wahrscheinlich spielte sein Geruchssinn verrückt, der normalerweise nur die beißenden Autoabgase von Florenz geboten bekam. In der Ferne bellte unsichtbar ein Hund. Weil keine Weggabelungen existierten, gab es für Corelli keine Entscheidungen zu treffen, was angenehm war, aber gleichzeitig merkwürdig eingedenk des Aufwandes, den der Lehrer betrieben hatte. Der Weg wurde schmaler. Corelli wusste von Vipern in den Wäldern und trat fester auf. Weit nach links ausscherend musste er einen trüben Tümpel umgehen und erinnerte sich unwillkürlich an die große Amplitude der Skizze, die als Papierknäuel in seiner Hosentasche steckte. Er zog sie heraus und versuchte, sie zu glätten: Richtig, der Ausschlag der Linienführung beschrieb exakt die gerade absolvierte Kurve. Offenbar hatte der Lehrer ihm keine idealisierte Skizze angefertigt, sondern tatsächlich jede zu vollführende Bewegung aufgezeichnet, gewissermaßen jeden einzelnen Schritt. Als Corelli seinen Weg fortsetzte, entdeckte er keinen einzigen Fehler. Noch erstaunter aber war er über den Empfang, den ihm das Dorf bereitete.

## 7

Großer Bahnhof! Corelli kam sich vor wie ein diplomatischer Gesandter, dessen Ankunft seit Wochen erwartet worden war. Nur dass er eben nicht mit dem Zug eintraf, bei der Einfahrt schon am offenen Fenster stehend und mit der rechten Hand salbungsvoll die Menge grüßend, sondern zu Fuß, leicht verschwitzt und außer Atem. Dennoch war er für einen Augenblick tatsächlich versucht, den zeremoniellen Gruß zu probieren, mit nach innen gedrehter Handfläche. Alle waren sie gekommen – oder doch wenigstens fast alle, außer Di Landa und Marie, leider. Wie viele Einwohner mochte das Dorf zählen? Dreißig? Vierzig vielleicht? Fehlte nur noch eine Blaskapelle. Und jetzt begriff Corelli auch das Wunder dieses Großen Bahnhofs, als ihn aus dem merkwürdigen Empfangskomitee heraus das Kleine-Jungen-Lächeln begrüßte, das ihn eine Stunde zuvor bereits verabschiedet hatte. Der Lehrer musste eine Abkürzung genommen haben. Daraus sollte man schlau werden.

»Ich hatte eine Panne!«, sagte Corelli zur Begrüßung – dass es sich in Wahrheit um einen leeren Tank handelte, war ihm zu peinlich. Die Menge samt der nicht vorhandenen Blaskapelle verstummte. Offenbar hatte man gewichtigere Sätze von dem Gesandten erwartet. So blickte Corelli in versteinerte, zahnlose Gesichter, die alle beschattet waren von speckigen altmodischen Kopfbedeckungen, die seiner Mütze erstaunlich glichen, was ihn schlagartig dazu bewog, die Kappe abzunehmen. Verlegen strich er sich durch das verklebte Haar.

»Ich brauche Benzin!«, fasste er sich ein Herz.

Als spräche er in einer anderen Sprache! Kolumbus bei seiner Landung in Amerika: Man muss Hände und Füße zu Hilfe nehmen und lächeln. Die verordnete Langsamkeit der Gesten, das Überzeichnen. Und die Dorfbewohner sehen sich an wie damals die Eingeborenen.

»Selbstmord! Der Suizid ist eindeutig erwiesen.«

Plötzlich verstanden ihn alle. Die Blaskapelle setzte ein, man umringte ihn, alle drängelten, applaudierten, fremde Hände ergriffen die seinen, klopften ihm auf die Schulter; Willkommensgrüße wurden über Corelli ausgeschüttet, und er ließ sich in die Mitte des Dorfes führen, wo unter Ölbäumen schon die Tische gedeckt waren: Ziegenkäse und Oliven wurden aufgetischt, danach Pasta mit Trüffeln. Und weil Corelli nach seiner unfreiwilligen Wanderung hungrig war, wehrte er sich nur ein bisschen, während die Stimmung ausgelassener wurde. Paolo der Tischler und Pater Giuseppe überredeten ihn sogar zu einem Würfelspiel. Hinter vorgehaltener Hand wurde vielleicht noch die Frage gestellt, warum sich dieser Rosenstein denn ausgerechnet hier im Dorf habe umbringen müssen, worauf Corelli erwiderte, um das herauszufinden, müsse man in die Seele des Betreffenden schauen können, doch das sei wohl das Spezialgebiet des Paters. Auch von Di Landa sprachen die Leute, den die Sache doch ordentlich mitgenommen zu haben schien, wobei Corelli nur Sympathie für den Professor heraushörte. Doch mehr und mehr überlagerte die Feierstimmung alles andere, und Corelli ließ sich zum Bleiben und zu einer Panna Cotta überreden und entschied für sich, dass der Fall damit endgültig abgeschlossen sei. Basta!

»Wenn Sie verlieren«, sagte Pater Giuseppe, »dann müssen Sie auch zurück laufen.« Ansonsten lasse man sich halt etwas einfallen. Bei Wasser zu Wein mache er schon Fortschritte, vielleicht sollte er es auch einmal mit Benzin probieren. Die erste Runde verlor der Pater allerdings selbst, und der Tischler schlug vor Freude mit der Faust auf den Tisch, dass die Gläser klirrten. Nur die alte Maddalena war von dem plötzlichen Frieden nicht zu überzeugen. Mit großen Augen und in verschwörerischem Ton erklärte sie, dass sie nicht an einen Selbstmord glaube. Ganz nah rückte sie an Corelli heran: »Dem Apotheker ist alles zuzutrauen!«

Hinter ihrem Rücken schnitten die Dorfbewohner Grimassen und machten Corelli eindeutige Zeichen. Also ging dieser nicht näher darauf ein, sondern versprach der Alten nur, sich darum zu kümmern. Er verputzte den letzten Löffel Panna Cotta, schüttelte den Würfelbecher und warf eine große Straße.

# 8

Sechs Uhr: Gleichmäßig schlug das Pendel der großen Standuhr nach beiden Seiten aus. Di Landa bot Corelli von Maries Zigaretten an, nachdem sie es sich im Arbeitszimmer des Professors bequem gemacht hatten. Auch hier ersetzten Bücher die Bilder an den Wänden. Die beiden Männer sahen sich an. Di Landa spitzte die Lippen und zog die Stirn kraus: Wie es denn nun weitergehe?

Der Fall, antwortete Corelli, wenn man das Ganze überhaupt so nennen wolle, sei abgeschlossen, der Suizid eindeutig erwiesen: »Das Einzige, was uns fehlt, ist ein Abschiedsbrief.«

Di Landa nickte. Nicht ohne Neid fixierte er den jungen Mann, der ihm gegenübersaß. So jung, nein, noch jünger waren auch sie damals gewesen – er und sein Freund. Der Bursche hier sah ihm nicht besonders ähnlich. Es war wahrscheinlich nur die Jugend, die ihn an Wolf erinnerte.

»Kaffee?«

»Bloß nicht! Danke.«

»Dann erlauben wir uns einen Rotwein!«

Di Landa wartete keine Antwort ab, sondern öffnete schon eine Flasche Antinori und schenkte in zwei gewaltige Gläser ein, fasste einen der Kelche, hielt ihn prüfend in die Höhe, steckte die knorrige Nase hinein, nahm einen tiefen Zug und war begeistert. Er holte ein neues Päckchen Zigaretten, gab Feuer, rauchte und trank und trank und rauchte.

»Ich möchte Ihnen etwas erzählen.«

»Warum?«

Ob er sich denn nicht mehr frage, weshalb sich Wolf Rosenstein ausgerechnet hier getötet habe?

»Muss ich nicht mehr!« Corelli nahm einen kräftigen Schluck. »Es gibt keinen Zweifel an dem Suizid. Und warum sich einer umbringt, na ja, das herauszufinden, ist nicht mein Job. – Ach so, vielleicht hilft es Ihnen: Die Pathologen haben einen Tumor in seinem Kopf entdeckt. Ungefähr so groß wie ein Tennisball. Sie sagen, er hätte vielleicht noch ein, zwei Monate gehabt. Manch einer fürchtet sich vor den Schmerzen.«

»Und warum hier?«

»Mit einem Hirntumor handelt man nicht unbedingt rational. Depressionen kommen hinzu. Man weiß nie, was diese Leute im nächsten Moment anstellen. Vielleicht wollte er Sie besuchen, mit Ihnen reden … Und dann geht er vorher noch in die Kirche und sieht plötzlich das Glockenseil …«

Draußen begann es zu dämmern. Di Landa stand auf und knipste die Stehlampen an. »Wie war es eigentlich in der Oper?«

Seine Frage war eher der Höflichkeit als tatsächlichem Interesse geschuldet, aber er begriff sofort, dass er in einer Wunde bohrte.

Trotz größter Mühe gelang es Corelli nicht, die Fassade zu wahren. Di Landa musste erleben, wie dem jungen Kerl zunächst die Gesichtsfarbe und dann die Worte abhandenkamen. Stotternd flüchtete er sich von einem Gemeinplatz zum nächsten, und es war zu spüren, dass er am liebsten jede Silbe zurücknehmen wollte, doch schon waren Dinge gesagt, die der Klarstellung bedurften, und anstatt den Mund zu halten, begann Corelli, wie angestachelt vom eigenen Stottern, nun seinerseits zu erzählen: Mit groben Strichen skizzierte er das Scherbengericht seiner Ehe, berichtete von verspäteten Versuchen, das einmal Zerbrochene doch noch zu kitten, zum Beispiel mit Opernkarten für Don Giovanni, vergeblich, denn Gina wollte – wie ihr Vater ausrichten ließ – nicht einmal mit ihm telefonieren.

»Das heißt, Sie waren gar nicht in der Oper?«

»Ich habe die Karten zerrissen. Und als ich später allein gehen wollte, da war schon alles ausverkauft.«

Di Landa schenkte nach: »Trinken Sie«, riet er mit weiten Augen. »Von dem Wein ist genügend im Haus.«

Doch Corelli fiel ein, dass er noch Benzin besorgen musste.

»Unfug! Übernachten Sie einfach hier.«

»Ich weiß nicht. Was wird Ihre Frau dazu sagen?«

»Nichts. Sie hat Nachtdienst. Marie ist …«

»Ärztin – ich weiß.«

So, so, dachte Di Landa, und er sagte: »Ich will Ihnen von Wolf Rosenstein erzählen. Sie erinnern mich an ihn …«

## 9

»Eines Morgens schob unser Lehrer einen blonden Jungen vor sich her ins Klassenzimmer, postierte ihn vor dem Lehrerpult und erklärte der Klasse: Das sei ihr neuer Mitschüler, Wolf Rosenstein. Der Junge wusste nicht, wo er seine Arme lassen sollte, und trat verlegen von einem Bein auf das andere. Niemand hätte mit ihm tauschen wollen. Es war ein Montagmorgen im Spätsommer 1922, ich war acht Jahre alt und wusste genau, was jetzt passieren würde. Mit einem Mal war ich ebenso aufgeregt wie der Bedauernswerte vor der Klasse.

Seit dem Schulbeginn nach den Sommerferien saß ich als Einziger in der Klasse allein in der Bank. Mein früherer Banknachbar war in den Ferien gestorben. Scharlach, hatte unser Lehrer lakonisch erklärt, und dieses eine Wort hatte bei mir die wildesten Vorstellungen ausgelöst. Ich muss gestehen, dass ich meinem Nachbarn nicht wirklich nachtrauerte. Das einzig Interessante an ihm war der penetrante Geruch nach Kölnisch Wasser gewesen. Sein Tod tat mir leid, aber er berührte mich nicht – ein Faktum wie der Schulschluss oder die Zensuren. Dieser blonde Junge hingegen war eine Sensation: Er war mit seiner Familie aus dem besetzten Düsseldorf nach Berlin gezogen, wie uns der Lehrer mitteilte. Das allein klang abenteuerlich genug. Meine Großeltern lebten im Rheinland, und ich hatte mich darauf gefreut, im Sommer zu ihnen in die Ferien zu fahren. Doch mein Vater hatte die Reise abgeblasen: Wenn's da richtig losgeht, nehmen die Franzmänner die Kinder der Offiziere als Geiseln!

Der Neue musste sich zu mir in die Bank setzen, ich wusste es genau, und ich beschloss, dass wir Freunde würden.

Mehrere Monate vergingen, ohne dass sich eine Möglichkeit ergab, diese Freundschaft zu begründen. Wir gingen bereits den Schulweg gemeinsam, wofür ich einen großen Umweg in Kauf nahm, doch mein Vater merkte nicht, ob ich zu spät nach Hause kam, und wenn doch, dann fand ich eine passende Ausrede. Wolf und ich tauschten Sammelbilder aus den Zigarettenschachteln. Ich hatte erfahren, dass er bei seiner Geburt fast gestorben wäre und ständig aus heiterem Himmel Nasenbluten bekam. Wolf wusste, dass ich den nackten Hintern einer der Damen gesehen hatte, die meinen Vater bisweilen besuchten. Aber die Möglichkeit, meine Freundschaft zu beweisen, ließ auf sich warten – bis Wolf mich an einem Freitag auf dem Nachhauseweg um etwas Ungewöhnliches bat.

Am Morgen hatten wir ein Diktat geschrieben, und er war überzeugt, einen Fehler gemacht zu haben. Mehr als den einen Fehler wirst du schon nicht haben, versicherte ich. Wolf war fraglos der Klassenbeste. Aber er ließ sich nicht beruhigen. Er versprach mir die schönsten seiner Sammelbilder, doch ich hoffte, wie gesagt, auf eine noch größere Belohnung.

Der Lehrer hatte die Hefte in den Klassenschrank gesperrt, der dazugehörige Schlüssel lag im Lehrerpult. Wir mussten also irgendwie in den Klassenraum gelangen, das Heft aus dem Schrank holen und den Fehler verbessern. Wir kehrten um und fanden ein offenes Fenster.

Ich nahm den Schlüssel aus dem Pult und schloss auf, so vorsichtig wie möglich. Jedes Geräusch schien uns zu verraten: das Klappern des Pults, das Knarren der Schranktüren. Ich weiß nicht, wer von uns beiden mehr Angst hatte. Erst als wir den Stapel der Hefte durchstöberten, kam ich auf die Idee, auch meine eigenen Fehler zu berichtigen. Und dann hörten wir plötzlich Schritte auf dem Flur. In Windeseile sprangen wir in den Schrank, zogen die Türen von innen zu und fühlten unsere Herzen rasen.

Jemand trat ins Klassenzimmer, ging zum Lehrerpult, klappte es auf. Wir hörten einen unverständlichen Fluch und erkannten die Stimme des Lehrers. Ich hielt den Schlüssel in meiner Faust und spürte die Fingernägel, die ins Fleisch stachen. Als die Schritte des Lehrers auf uns zu kamen, hielten wir die Luft an; im nächsten Moment würde das Unheil über uns hereinbrechen, und obwohl es ohnehin stockfinster war, schloss ich die Augen. Doch da gingen die Schritte wie durch ein Wunder an uns vorbei und wieder zur Tür hinaus.

Eine Zeit lang wagten wir nicht, uns zu bewegen. Dann spähten wir vorsichtig durch den geöffneten Türspalt und krochen hinaus. Wir verschlossen den Schrank, legten den Schlüssel zurück ins Pult und glaubten uns schon gerettet, als Wolf beim Hinausspringen gegen den mächtigen Globus stieß, der auf der Fensterbank thronte. Er fiel hinunter, und die bunte Welt zersprang in tausend Stücke …

Zu Beginn der nächsten Woche betraten Wolf und ich die Klasse als Letzte. Es dauerte nicht lange, bis der Lehrer den Scherbenhaufen entdeckte. Prüfend hielt er ein Stück Ozean in die Luft und erkundigte sich nach dem Täter. Er fragte ruhig, beinahe in kameradschaftlichem Ton: Nun melde dich schon, ich möchte es nur wissen! Aber mir war noch in Erinnerung, wie er vor nicht allzu langer Zeit einen Schüler halb tot geprügelt hatte, der auf sein Schauspiel hereingefallen war und zugegeben hatte, hinter dem Rücken des Lehrers eine kommunistische Parole in die Klasse gerufen zu haben. Alle schwiegen. Vielleicht hofften wir, jemand anders würde die Tat gestehen, aber es meldete sich natürlich niemand, auch nicht, als der Lehrer demjenigen eine Belohnung versprach, der den Täter beim Namen nennen würde. Der Globus blieb unbekannt zerschlagen, und wir konnten aufatmen, als wir kurz vor Schulschluss die Diktate zurückbekamen. Wolf schlug sein Heft auf, und ich sah, dass er wie immer keinen Fehler gemacht hatte.«

Corelli musste unangenehm aufstoßen und entschuldigte sich. Er wankte im Sitzen schon bedenklich, ließ sich aber trotzdem von Di Landa nachschenken. Der Zigarettenqualm stach ihm in die Augen: »Hat der Lehrer sich nicht gewundert, dass der Schlüssel, den er vergeblich gesucht hatte, plötzlich wieder im Pult lag?«

»Sie haben recht, danach zu fragen«, lobte Di Landa den kombinatorischen Scharfsinn und wunderte sich belustigt, dass er nicht selbst schon darüber nachgedacht hatte. »Aber fremde Gedanken zu ergründen, ist ja überhaupt das Schwierigste.«

»Mit den eigenen ist es kaum leichter!«

Sie lachten vorsichtig, und Di Landa schlug vor, die Erzählung auf der Terrasse fortzusetzen. Eine Viertelstunde später lagen sie, in Decken gehüllt – mittlerweile war es nicht nur stockdunkel, sondern auch empfindlich kühl – wie die Patienten eines Sanatoriums auf Liegestühlen, deren komfortable Auflagen Di Landa leider nicht gefunden hatte. Vorsichtshalber entkorkte er einen weiteren Antinori. Und Corelli, dem die frische Nachtluft guttat, war froh, wieder festen, wenn auch harten Boden unter dem Hintern zu haben. Was ist morgen für ein Tag? Sonntag. Wunderbar! Er machte es sich, so gut es ging, bequem, den Blick in den Nachthimmel gerichtet.

## 10

»Ich war jetzt öfter in dem großen Haus der Familie Rosenstein zu Gast, seit mir Wolf nicht wie versprochen seine Sammelbilder, aber wie erhofft seine Freundschaft geschenkt hatte. Hier flutete das Licht durch die Fenster, hier klangen die Worte warm und ermutigend. Während ich mit Wolf im Garten spielte, saß Frau Rosenstein in einem Korbsessel und rauchte mit Zigarettenspitze. Die Musik des Grammophons drang bis nach draußen. Oder Wolfs Mutter klappte den Flügel auf und spielte selbst, brach ab und brachte uns eine Limonade. Ich müsste wieder Fingerübungen machen, sagte sie, aber ich mag keine Tonleitern.

Wolfs Vater sah ich nur, wenn ich zum Abendessen bleiben durfte. Er war Jurist und arbeitete im Außenministerium, eine fast jugendliche Erscheinung, obwohl er stets Monokel trug, während mein Vater mir, wenn er nicht gerade seine Paradeuniform angelegt hatte, immer wie ein Greis vorkam. Bitte servieren Sie zunächst Madame, sagte Herr Rosenstein zum Dienstmädchen, und dieses erwiderte: Sehr wohl, Herr Doktor. Wolf und ich durften von der Tafel aufstehen, wenn wir fertig waren, und nie verließ ich hungrig den Tisch.

Wenn ich in die Welt meines Vaters zurückkehrte, in der die Vorhänge immer zugezogen waren und nur das Licht einer einzigen Lampe brannte, galt mein erster Blick der Flasche, die Abend für Abend auf dem Tisch stand. Sie war das Barometer für alles Weitere: Bei leerer Flasche schloss mein Vater mich in die Arme, erzählte mit feuchten Augen und betäubendem Atem von meiner toten Mutter und schlief dann mitten im Satz ein. Fehlten nur wenige Schlucke, dann wechselten die Lobeshymnen auf den Kaiser mit Schimpftiraden auf die Revolution der Vaterlandsverräter und Schwerverbrecher. Am gefährlichsten war es bei halb voller Flasche: Dann war mein Vater unberechenbar.

Ich weiß nicht, wann genau mein Vater angefangen hatte zu trinken, bereits nach dem Tod meiner Mutter oder doch erst nach seiner Entlassung. Die Republik war im Allgemeinen nicht sonderlich beliebt, und ein kritisches Verhältnis gegenüber dem Parlamentarismus gehörte in gewissen Kreisen zum guten Ton. Einen Major aber, der ständig und in aller Öffentlichkeit den Kanzler des Deutschen Reiches ein Dreckschwein nannte, konnte sich die Reichswehr auf Dauer nicht leisten. Man hatte meinen Vater gewarnt. Der aber trieb es eines Morgens auf die Spitze, erschien zum Appell mit den kaiserlichen Abzeichen an der Uniform und gab die alten Kommandos.

Wahrscheinlich schickten meine rheinischen Großeltern Geld. Die Artikel, die mein Vater für verschiedene konservative Blätter schrieb, waren sicher keine ergiebige Einnahmequelle. Einmal saß ein Mann in unserer Küche, der Hut und Mantel anbehielt und keine Miene verzog. Vielleicht ging es um eine Arbeit für meinen Vater, auf jeden Fall, das spürte auch ein Kind, ging es um Geld. Der Mann sprach seine Sätze leise und mit einem merkwürdigen Unterton. Plötzlich wurde mein Vater laut und schlug mit der Faust auf den Tisch. Hut und Mantel standen auf und gingen ohne ein weiteres Wort.

Es gab auch freundlichere Tage, selten genug, aber es gab sie. Manchmal sickerte von Gott weiß woher das Gerücht durch, der Kaiser kehre aus seinem Exil zurück. Man hörte es in der Bäckerei oder beim Friseur hinter vorgehaltener Hand und sah in den wiederauflebenden Schießereien, von denen niemand so recht wusste, woher sie kamen, ein untrügliches Anzeichen für die Wahrhaftigkeit des Kolportierten. Wenn mein Vater dann zu Hause seine Paradeuniform trug, war er mit einem Schlag ein anderer Mensch: Jetzt kommen goldene Zeiten! Stundenlang marschierten wir durch die Wohnung, um den Tisch herum, der die Kaserne war, durch die Tür, das Kasernentor, immer wieder an einem Stuhl vorbei, der stocksteif die Parade abnahm. Augen links, kommandierte mein Vater, und durch die Zähne hindurch zischte er mir zu: der Generalfeldmarschall. Aber der Kaiser dachte gar nicht daran, sein niederländisches Exil zu verlassen, und mein Vater wurde wieder zu der trübsinnigen Gestalt am Küchentisch, vor der man sich in Acht nehmen musste, wenn die Flasche halb leer war. Nur das kaiserliche Porträt an der Wand schien dann noch von unseren Exerzierübungen zu wissen.

Im Haus der Familie Rosenstein hing nicht der Kaiser mit dem Schnurrbart. Dort hing die Fotografie eines anderen Mannes, die ich oft betrachtete. Das heißt, eigentlich beobachteten die dunklen Augen eher mich. Sie haben ihn erschossen, erklärte Wolf, im offenen Wagen. Deshalb die traurigen Augen, dachte ich. Unter dem Bild stand: Walther Rathenau, Außenminister des Deutschen Reiches. Mein Vater nannte ihn einen jüdischen Volksverräter, und er schimpfte auf die Zyniker, die ihn bewunderten und sich mit der Republik arrangierten. Dass ich mittlerweile häufiger im Haus der Familie Rosenstein war als zu Hause, schien meinen Vater dennoch nicht zu stören. Wahrscheinlich war es ihm nur recht, wenn ich nicht Zeuge seiner Damenbesuche wurde, obwohl er sich längst keine Mühe mehr gab, deren Zweck zu verheimlichen.

Seit Wolf und ich Freunde geworden waren, ging ich den übrigen Jungen, die in Rudeln auftraten, aus dem Weg. Ich spürte, dass sich unsere Freundschaft nur entfalten konnte jenseits der Bünde, wo mit Schlagringen und Totschlägern angegeben wurde, und ich wollte Wolf mit niemandem teilen. Wolf und ich fuhren mit den Rädern durch den Grunewald, saßen stundenlang an den Ufern der Seen und blickten auf das spiegelglatte Wasser. Er erzählte von China und Ägypten, wo er mit seinen Eltern gewesen war. Ich zeigte Wolf, wie man aus Astgabeln und Einweckgummis Steinschleudern macht, und brachte ihm bei, dass man das Ziel immer zu hoch anvisieren muss. Als ich begriff, dass er nicht auf Spatzen schießen konnte, stellte ich Tannenzapfen auf die Felsblöcke am Ufer. Wenn wir abends nach Hause fuhren, tauschten wir die Räder. Ich bekam Wolfs nagelneues Fahrrad und er mein altes, das ich aus den Überresten noch älterer Räder zusammengebastelt hatte.

Einmal waren wir nicht an die Seen, sondern in die Stadt gefahren. In den Wäldern machten die Freicorps immer häufiger Gewehrübungen, und Frau Rosenstein hatte uns inständig gebeten, vorsichtig zu sein. Der Chauffeur, der Wolfs Vater jeden Morgen zur Arbeit und jeden Abend wieder nach Hause brachte und den auch wir Kinder einfach Philipp nannten, war seit einigen Tagen verschwunden. Wenn Wolf und ich am Abend den richtigen Moment abgepasst hatten, dann hatte uns Philipp für ein paar Minuten hinter das Lenkrad gelassen, und wir hatten gespielt, dass wir Unter den Linden entlangfuhren. Wenn Philipp sehr geduldig gewesen war, hatten wir es auch bis nach Amsterdam oder Paris geschafft. Und immer hatte es Bonbons gegeben, ja, Philipp schien ein unerschöpfliches Reservoir an Zitronendrops zu besitzen.

Vor wenigen Tagen aber hatte Wolfs Vater morgens vergeblich auf den Wagen gewartet und war schließlich zu Fuß zur U-Bahn-Station aufgebrochen. Als man auch am nächsten Tag nichts über den Chauffeur in Erfahrung bringen konnte, wurde eine Vermisstenanzeige aufgegeben. Aber Philipp blieb verschwunden. Überall sprach man in dieser Zeit von den nächtlichen Krawallen und Plünderungen. Im Haus der Familie Rosenstein war, wenn die Rede auf dieses Thema kam, der ängstliche Unterton nicht zu überhören. Bei meinem Vater klang das selbstverständlich ganz anders: Jeder kriegt sein Fett weg! Bisher waren die Anzeigen auf den Litfaßsäulen und die Überschriften der Zeitungen, die Mord und Totschlag verkündeten, für uns Kinder nichts als ein unterhaltsamer Nervenkitzel gewesen. Mit Philipps Verschwinden jedoch wurden auch Wolf und ich von der heimlichen Angst seiner Eltern angesteckt. Deshalb ließen wir uns an diesem Tag bereitwillig von unserer Fahrt zu den Seen abbringen.

Die Straßen der Stadt waren hektisch, jeder hatte es eilig, und selbst die Bettler, die sonst den ganzen Tag an einer Ecke hockten, liefen unruhig umher. Polizisten waren damit beschäftigt, Plakate zu entfernen, die im Schutze der Nacht angebracht worden waren. Wir schoben unsere Räder vorbei an einer gesperrten Straße: Halt! Wer weitergeht, wird erschossen, stand auf dem Schild. An den Häusern wehten Fahnen: Das Schwarz-Rot-Gold der Republik wetteiferte mit dem kaiserlichen Schwarz-Weiß-Rot. In den Läden wechselten stündlich die Preisschilder: zehn Millionen Reichsmark für ein Päckchen Zigaretten. Wolf legte das Bündel Geldscheine hin, das seine Mutter ihm gegeben hatte, und bekam zwei Packungen Eckstein. Die acht Zigaretten waren für Frau Rosenstein, die beiden Sammelbilder für uns.

Dann ging alles unvorstellbar schnell. Wir hörten Schreie und Lärm und rannten los, den anderen aufgescheuchten Passanten hinterher, die über die Bürgersteige in die Hauseingänge flüchteten. Auch wir stolperten in einen Hausflur und pressten uns atemlos an die Wand. Wir waren allein, kein Mensch war mehr zu sehen. Plötzlich rasselten Panzerwagen vorbei, Motoren heulten auf, Maschinengewehrfeuer hallte durch die Straße, nicht weit von uns zersprang eine Fensterscheibe. Dann war alles still. Erst jetzt merkten wir, dass wir uns vor Schreck aneinandergeklammert hatten. Ich fragte, ob Wolf sein Zigarettenbild noch habe, und zog meins aus der Hosentasche. Wir tauschten: Ich bekam den amerikanischen Boxer und Wolf die schöne Schauspielerin.

Am nächsten Tag saß ich allein in meiner Schulbank. Die Ungewissheit darüber, was das zu bedeuten hatte, dehnte die Zeit, der Unterricht wollte kein Ende nehmen. Als ich endlich vor der Fotografie des erschossenen Mannes mit den traurigen Augen stand, erklärte mir Frau Rosenstein, Wolf sei krank, er werde gerade untersucht. Der Arzt, ein hagerer Mann mit Nickelbrille und einem langen Bart, verkündete, das Fieber sei recht hoch und sonst gebe es merkwürdigerweise keinerlei Symptome. Er verordnete Wadenwickel, überließ Frau Rosenstein ein braunes Fläschchen mit Medizin und verbot jeden Besuch.

Frau Rosenstein ließ mich trotzdem ins Krankenzimmer. Wolf schlief unruhig. Schweißperlen standen auf seiner Stirn, die blonden Strähnen klebten an den Schläfen. Bisher kannte ich seine Zerbrechlichkeit nur aus Erzählungen, jetzt konnte ich sie zum ersten Mal sehen. Seine Haut war wie aus Glas, ich hatte Angst, sie zu berühren. Ab und an schien es, als wolle er im Traum etwas sagen, doch er gab nur ein kurzes Stöhnen von sich. Wolf schlief vier Tage, und am Abend des vierten Tages schoss das Fieber derart in die Höhe, dass der Arzt wieder gerufen wurde. Der war ratlos. Das Dienstmädchen begann zu weinen, Wolfs Vater telefonierte mit einem Professor von der Charité, und Frau Rosenstein setzte sich an den Flügel: Chopin hat noch immer geholfen!

Als Wolf und ich bald darauf wieder an einem der Seen hockten und Steine ins Wasser warfen, wehten seine blonden Haare munter im Wind, und seine Haut hatte die gläserne Transparenz der Fiebertage verloren. Ich dachte, ich müsste sterben, sagte Wolf, während er einen flachen Stein über das Wasser hüpfen ließ. Was ist, wenn man tot ist, fragte ich, und er antwortete: Die Seelen der Toten leben im Himmel weiter. Und wie sehen die Seelen aus? Wie Fischgräten, meinte Wolf, und ich malte mir einen Himmel voller Fischskelette aus, der mir Angst machte. Wolf aber schien keine Angst zu kennen, weder die vor dem Tod noch die vor dem Grätenhimmel. Er war es dann auch, der die Leiche umdrehte.

Wir schoben unsere Räder über einen abseitigen Pfad. Das dichte Laub der Bäume ließ das Licht nur spärlich hindurch, sodass wir den dunklen Körper erst bemerkten, als wir schon fast darüber stolperten. Dem Geruch nach zu urteilen, musste er schon länger dort liegen. Die Farbe der Kleider hob sich kaum mehr ab vom Waldboden, in den der Körper seinen Abdruck gepresst hatte. In der Form, die eben noch den Toten umschlossen hatte, kringelten sich Maden und Würmer. Ich sah das getrocknete Blut auf dem zerrissenen Hemd, und erst dann bemerkte ich, dass der Kopf fehlte.

Philipps Kopf wurde nie gefunden. Der Chauffeur blieb also wenigstens zum Teil vermisst. Ich dachte an die Worte meines Vaters und verstand nicht, warum jemand wie Philipp, der uns Zitronendrops geschenkt hatte, sein Fett wegkriegen musste. Tröstlich war immerhin der Gedanke, dass die weite Öffnung, die der vom Rumpf getrennte Kopf hinterlassen hatte, Philipps Seele genügend Platz geboten hatte, den toten Körper zu verlassen. Philipp lebte in meiner Vorstellung jetzt als Fischgräte weiter.«

## 11

Corelli erwachte mit einem gewaltigen Brummschädel, und es dauerte eine Zeit lang, bis ihm einfiel, wo er war. Wie genau er in dieses Bett hatte gelangen können, blieb ein weißer Fleck in seiner Erinnerung. Er stand auf, schlüpfte in seine Hose, zog das Hemd über und öffnete leise die Tür. Das Haus schien noch zu schlafen. Er schlich die Treppe hinunter, fand die Küche, und er erinnerte sich daran, dass er von der Leiche ohne Kopf geträumt hatte – und davon, dass er sich übergeben musste. Diese Kopfschmerzen! Er versuchte seine Gedanken zu sortieren: Die Leiche im Schuppen hatte mit Kopf in der Schlinge gehangen; der Tote ohne Kopf war Chauffeur und stammte aus der Erzählung des Professors. Blieb die Frage, ob der geträumte Brechreiz und seine Folgen auch eine Entsprechung in der Wirklichkeit hatten. Der üble Geschmack im Mund ließ es befürchten.

Als er ein Glas aus dem Wandschrank nahm, hörte er, wie die Haustür geöffnet wurde und wieder ins Schloss fiel. Schritte liefen die Treppe nach oben, wo Wasser in die Badewanne eingelassen und die Klospülung betätigt wurde; dann kamen die Schritte wieder die Stufen herunter. Die Küchentür flog auf, und Corelli ließ das Glas fallen, das auf dem Terrakotta-Boden in tausend Stücke zersprang.

Marie hatte eine brennende Zigarette im Mundwinkel hängen wie ein Lastwagenfahrer – ansonsten trug sie nur Unterwäsche.

»Ich bin … wir haben …«, stotterte Corelli: »Hat Ihnen Ihr Mann nichts gesagt?«

»Dass Sie meine Aussteuer zerschlagen wollen?«

Marie meisterte die Situation gelassener als Corelli, der immer noch nicht wusste, wohin er schauen sollte. Diese Kopfschmerzen! Warum ließ er sich auch von einem alten Professor abfüllen?

»Entschuldigung, ich bin völlig erschrocken.«

»Na, Sie machen Komplimente ...«

Marie legte die brennende Zigarette in einen Aschenbecher auf der Anrichte und gab sich, indem sie mit Besen und Kehrblech die Scherben beseitigte, zum zweiten Mal Mühe, ein Missgeschick des offenbar tollpatschigen jungen Mannes vergessen zu machen. Corelli stand im Weg herum, ließ sich von ihr Kaffee machen und begriff selbst nicht, was zum Teufel mit ihm los war: Nicht einmal die schreckhaftesten Verdächtigen ließen beim Verhör Gläser fallen, und er hatte sich immer viel auf seine Ruhe in Stress-Situationen eingebildet. Die war allerdings auch darauf zurückzuführen, dass ihm im Unterschied zu seinen gleichaltrigen Kollegen jeder Ehrgeiz fehlte. Was also war mit ihm los? Man konnte nicht für alles und jedes die private Katastrophe verantwortlich machen. Denn schon bevor Gina ihn verlassen hatte, war in seinem Leben nicht mehr viel in Ordnung gewesen. Trotzdem hatte er funktioniert – wenigstens ohne solche Aussetzer.

Und Maries spärliche Bekleidung? – Also bitte schön: Er hatte im Leben doch bereits nackte Frauenbeine gesehen! Er riss sich zusammen, berichtete von seiner Autopanne und den weiteren Umständen: »Ihr Mann war so freundlich, mir ein Bett anzubieten ... Ich bin eben erst ...«

»Und ich dachte schon, Sie wollten mich verhaften!«

Da war es wieder! Wie eine unendliche Koloratur. Dagegen war er wehrlos. Noch wehrloser als gegen die verdammten Kopfschmerzen. Ja, die Musik machte ihm am meisten zu schaffen.

»Wir haben erzählt und getrunken … und dann ist es spät geworden.«

»Ist die Katze aus dem Haus«, trällerte Marie » dann tanzen die Mäuse…«

»Miau«, machte er.

»Nein. Piep!«, korrigierte die Ballerina in Unterwäsche. »Sie sind die Maus. Sie müssen Piep sagen. – Und quälen Sie meinen Mann nicht mit Ihren Fragen. Er hat drei Bypässe! Verstehen Sie? Aufregung bekommt ihm nicht.«

»Er erzählt absolut freiwillig«, verteidigte sich Corelli.

»Merde!«, rief Marie. »Das Badewasser!«

Und damit verschwand die Erscheinung ebenso schnell, wie sie gekommen war, nicht ohne beim Davoneilen noch zwei, drei Takte durch den Flur klingen zu lassen, die möglicherweise bedeuten konnten, dass Corelli gern in den Schränken nach etwas Essbarem suchen könne.

»Ich muss noch Benzin besorgen!«

»Versuchen Sie es bei Pater Giuseppe!«

Im ersten Augenblick hielt er Maries Antwort für eine weitere Spitze. Hier wollten ihn offenbar alle zum Narren halten. Als er aber eine halbe Stunde später vor dem Pfarrhaus mit der blauen Doppeltür stand, dachte er, es käme immerhin auf einen Versuch an. Mehr als blamieren kann man sich nicht! Und tatsächlich führte ihn der Pater mit der größten Selbstverständlichkeit in die Sakristei, um ihm, nicht ohne

Stolz, die Kanister zu zeigen, die er dort hinter einem alten Altarbild versteckt hatte.

»Man kann nie wissen«, meinte der Priester und drückte Corelli einen der Kanister in die Hand: »Ich hab' ja gesagt, wir lassen uns was einfallen. – Soll ich Sie fahren?«

In einem Japaner mit elektrischen Fensterhebern und Temperaturanzeige, die beide Insassen wissen ließ, dass draußen bereits einundzwanzig Grad herrschten, brachen sie auf, Corelli auf dem Beifahrersitz. Es dauerte nicht lange, bis man an Ort und Stelle angelangt war. Der Wagen stand am Straßengraben, wo Corelli ihn zurückgelassen hatte.

Pater Giuseppe schraubte den Tankdeckel los, krempelte die Ärmel hoch und leerte den Inhalt des Kanisters so selbstverständlich durch den Stutzen, als gösse er den Messwein ein. Erst als Corelli in den Wagen steigen wollte, bemerkten sie den platten Vorderreifen.

»Allerhand!«, entfuhr es dem Pater: »Da bleiben Sie uns ja noch länger erhalten.« Und er vollführte eine Handbewegung in Richtung Himmel. Der Plattfuß sei allerdings ein Problem für später. Jetzt müssten sie sich nämlich beeilen.

»Warum?«

»Sonntag! In zwanzig Minuten ist Messe.«

## 12

Es ist eine Sache, mit dem Verstand zu begreifen, dass ein Dorf, dem die junge Generation fehlt, zum Aussterben verurteilt ist. Eine andere Sache ist es, den bevorstehenden Tod dieses Dorfes zu fühlen und zu sehen, zu hören und zu riechen, wenn man an den siechen Häusern vorbeigeht, in die fast blinden Fenster hineinspäht, den blätternden Rost der Gartentore an den Fingern, wenn man die fehlenden Kinderstimmen bemerkt, die mangelnde Geschäftigkeit, den Geruch nach ranziger Butter. Die Messe ist vorbei, das Dorf schläft seinen Sonntagmittagsschlaf, und die Hitze senkt sich wie Blei auf die schmalen Wege zwischen den Häusern. Nur das Geklirr der Zikaden ist zu hören.

Am Rand des Kirchplatzes entdeckte Corelli einen Brunnen: ein steinerner Löwe, der in früheren Tagen offenbar Wasser in ein heute mit grünlichem Algenzement überzogenes Becken gespien hatte. Corelli nahm die alte Kamera seines Vaters aus der Tasche und suchte nach der richtigen Perspektive. Er hatte schon fotografiert, als er mit Gina und Isabella die Wochenenden am Meer verbrachte, aber irgendwann war seiner Frau das lange Warten zu bunt geworden, das Stillhalten, bis er alle Einstellungen manuell vorgenommen hatte. Man konnte Ausschnitte des Lebens mit der Kamera festhalten, aber es war ihr zufolge unsinnig, über die Prozedur, die jedem Foto vorausging, das eigentliche Leben zu verpassen.

»Kauf dir endlich einen automatischen Apparat!«

Doch Corelli liebte gerade die langwierige Prozedur, und er hasste alles Serielle, den Gipfel der Banalität, wie er sich ausdrückte. Also fotografierte er fortan keine Menschen mehr, die nie Geduld hatten und nachher enttäuscht waren, wenn sie nur Schwarz-Weiß-Fotos zu sehen bekamen. Ein Brunnen aus Stein kann weder murren noch im entscheidenden Moment verwackeln, dachte Corelli, während er den Belichtungsmesser kontrollierte. Im Vertrauen auf seine ruhige Hand entschied er sich für eine lange Belichtungszeit und wählte die kleinste Blende. Beim Fotografieren fielen ihm die Entscheidungen leicht. Corelli genoss die meditative Wirkung der monotonen Handgriffe. Hektisch konnte er nur kurz vor dem Abdrücken werden, wenn alles richtig eingestellt war und die Angst vor einem unvorhergesehenen Zwischenfall aufkeimte. Einmal hatte er einen toten Baum in mühevoller Kleinarbeit inszeniert. Stundenlang hatte er auf das richtige Licht gewartet, das erst mit dem Abend kam und den einsamen Baum auf dem Hügel wie gemalt erscheinen ließ. Von dem Anblick überwältigt hatte er nicht sofort auf den Auslöser gedrückt. Da hatte sich eine Wolke vor die Sonne geschoben.

Er stellte den Löwen scharf, dessen Maul kein Wasser mehr spuckte, und drückte ab. Ein einziges Mal. Er machte immer nur ein Foto. Während er die Kamera wieder verpackte, entdeckte er die Apotheke, deren Ladentür offenstand – ungewöhnlich an einem Sonntag. Und er brauchte dringend etwas gegen die Kopfschmerzen!

Der Apotheker war krank, ein Männlein, nahezu kahl und gebeugt, hager. Die zahllosen Falten in seinem Gesicht sahen aus wie geschnitzt. Corelli gab ihm höchstens noch ein halbes Jahr. Wer wollte sich von so jemandem einen Magen-Darm-Tee oder auch nur ein Haarwuchsmittel verkaufen lassen? Als die Glocke läutete – mit der elektrischen Klingel hatte Corelli nicht gerechnet –, hantierte der Mann auf dem Tresen mit verschiedenen Spateln und Pulvern und notierte nebenbei etwas mit Bleistift in einer Kladde.

»Geschlossen!«, rief er ohne aufzusehen.

Zum ersten Mal schlug Corelli in dem kleinen Dorf etwas anderes als Herzlichkeit entgegen.

»Entschuldigung, die Tür stand offen. Und ich brauche dringend …«

»Gift?«

»Wieso meinen Sie?«

»Alle brauchen Gift.«

Corelli dachte an die Warnung der alten Maddalena und erklärte, dass er mit einem Mittel gegen Kopfschmerzen schon zufrieden sei.

»Es ist nur eine Frage der Menge«, antwortete der Apotheker und bekam einen Hustenanfall.

In diesem Augenblick ertönte die Ladenglocke erneut, und eine Frau, die einem barocken Gemälde entsprungen schien, rauschte durch den Verkaufsraum. Corelli schätzte sie auf Mitte fünfzig. Mit der rechten Hand hielt sie eine schwarze Stola über der Brust zusammen, die sie sich über den Kopf und die Schultern gelegt hatte. Grußlos glitt sie an dem staunenden Corelli vorbei ins Hinterzimmer.

»Meine Frau«, erklärte der Apotheker achselzuckend: »Signora Barelli.« Fast brach er unter einem weiteren Hustenanfall zusammen. »Für die brauchen Sie einen ganzen Giftschrank.«

»Warum sollte ich ...?« Corelli reichte dem Apotheker ein Papiertaschentuch.

»Ihr Geruch! Riechen Sie das etwa nicht?«, röchelte dieser. »Sie stinkt nach Farbe. Nach Holz und Leim und Farbe! Verstehen Sie? Nein, Sie verstehen nicht.« Mit letzter Kraft schleppte er sich ins Hinterzimmer. Und Corelli konnte nicht widerstehen – Berufskrankheit: Schon hatte er das Heft in der Hand, das neben dem vielen Pulver auf der Ladentheke lag: Buchführung, Rezepturen, Vermischtes, minutiös festgehalten von einer Kinderhandschrift. Da fiel etwas, das zwischen den Seiten gesteckt hatte, zu Boden. Corelli bückte sich und hob ein vergilbtes Schwarz-Weiß-Foto auf: Die Züge der jungen Frau waren feiner als die der barocken Diva, deren neuerlichen Auftritt Corelli zu spät bemerkte. Ehe er das Foto zurücklegen konnte, stand sie neben ihm.

»Ihre Mutter?«, fragte die Barelli. Sie hatte die Stola abgelegt, sodass ihr rotes Haar über die Schultern fiel.

Corelli war immerhin geistesgegenwärtig genug, die Frage einfach zu bejahen: »Sie ist früh gestorben«, sagte er und steckte das Foto in seine Jackentasche.

»Eine schöne Frau«, befand die Diva und beeilte sich, ihrem Gegenüber beizubringen, dass nicht wenige Leute das auch von ihr behaupteten. Immerhin stehe sie dem Tischler Modell, und der sei mittlerweile weit über die Region hinaus berühmt. Der Apotheker kam zurück und legte ein Päckchen Schmerztabletten auf den Tresen. Was er schuldig sei, fragte Corelli.

»Machen Sie ein Foto von mir«, forderte die Barelli. Sie habe gesehen, wie er den Brunnen fotografiert habe. Ob er sie nicht neben dem Löwen ablichten könne? »Ich werde mich mit einer Hand auf seinen Rücken stützen.«

Corelli wollte schon abwehren, wollte vorgeben, der Film sei voll oder man habe für heute das rechte Licht verpasst; doch dann wurde ihm klar, wie billig er so aus der Sache mit dem gestohlenen Foto herauskam. Und die Diva überraschte ihn: Geduldig wartete sie ab, dass er die nötigen Einstellungen vornahm.

»Alle haben schon von Ihnen erzählt.«

»Ach ja?«

»Wir konnten leider nicht zum Empfang kommen.«

»Nicht bewegen«, rief er und betätigte den Auslöser.

»Nochmal«, befahl die Barelli, während sie sich im Damensitz auf den Löwen schwang. Aber er setzte ihr auseinander, dass er prinzipiell nur ein Foto mache. Mit einer Eleganz, die man an diesem Ort kaum vermutet hätte, glitt sie vom Rücken des versteinerten Raubtiers und stolzierte über einen imaginären roten Teppich zurück in die Apotheke zu ihrem todkranken Mann.

## 13

Pater Giuseppe hatte eine Handvoll Freiwilliger für die Reparatur des Wagens verpflichtet. Nur den Kommissar selbst wollte er nicht dabeihaben. Deshalb besuchte Corelli in der Zwischenzeit die kleine Kirche.

Hier hatte der Erhängte das Glockenseil abgeschnitten. Corelli schaute den leeren Turm hinauf. Am Tag des Unglücks hatten sie die kleine Kirche bereits inspiziert, aber nichts Auffälliges entdeckt. Es ließ sich lediglich festhalten, dass Wolf Rosenstein seinen Tod im Schuppen des Professors recht umständlich inszeniert hatte. Ohne Zweifel wäre es leichter gewesen, sich an Ort und Stelle im Glockenturm zu erhängen, wo alles gewissermaßen schon hergerichtet war und er nur noch die Schlinge hätte knüpfen müssen.

Corelli schlenderte durch das weiß getünchte Kirchenschiff vorbei am Seitenaltar, auf dem der heilige Petrus mit dem Schlüssel in der Hand wie ein Hausmeister aussah, und blieb vor dem Kreuzweg stehen, den Paolo der Tischler gemalt hatte.

Er nahm die Kamera. Vielleicht würde das wenige Licht, das durch die bunten, angelaufenen Scheiben fiel, gerade für ein Foto ausreichen. Nur ein kleines Fenster über dem Seitenaltar war aus klarem Glas. Das Sonnenlicht fiel von dort in einem kuriosen Winkel ins Kircheninnere – ein durch das Dunkel brechender Lichtkegel, in dessen Bahn hundert Jahre alter Staub tanzte. Ein Aufeinandertreffen von Hell und Dunkel – wie das Sfumato in den Bildern Leonardos.

Er postierte den Apparat auf einer Bank und stellte scharf, sah, wie Veronika dem mit dem Kreuz gestürzten Christus das Schweißtuch reichte. Ihre Geste kündete von beinahe unmenschlicher Zärtlichkeit. Corelli wusste, dass er nicht zu lange warten durfte, dennoch zögerte er. Es erschien ihm aussichtslos, das Spiel der Farben mit einem Schwarz-Weiß-Film einzufangen. Und dann machte er eine seltsame Entdeckung …

Die zärtliche Veronika kam ihm bekannt vor, und als er sich auf ihre Gesichtszüge konzentrierte, fiel es ihm ein: Das gleiche Gesicht hatte er heute schon einmal durch die Kamera betrachtet, die barocken Züge, die roten Haare. Corelli erkannte in der schweißtupfenden Veronika die Frau des Apothekers, Signora Barelli. Der Tischler hatte sie zwanzig Jahre jünger gemacht – der charmante Vorteil des Malers gegenüber dem Fotografen.

Er legte die Kamera auf die Bank und trat näher an eine andere Station des Kreuzwegs heran, die nahezu im Dunkeln lag: Christus vor Pilatus. Corelli sah die schmalen Lippen des Angeklagten und die zu Schlitzen zusammengekniffenen Augen. Das Gewand des Angeklagten war zerrissen, sein Richter hingegen trug, ganz Römer, eine makellose Kombination aus Toga und Tunika. Zwei gegensätzlichere Menschen konnten sich nicht gegenüberstehen, Kopf an Kopf, Auge in Auge, der Angeklagte wie versteinert, sein Richter geschäftig die Hände waschend.

Und wieder machte Corelli eine Entdeckung: Es waren gar nicht zwei verschiedene Gesichter, die er in Augenschein nahm, es war das gleiche Gesicht auf zwei verschiedenen Körpern. Der Tischler hatte den Gesichtsausdruck variiert, hatte die der jeweiligen Rolle angemessene Mimik gewählt, doch die Züge der beiden Gegenspieler glichen einander wie die eineiiger Zwillinge. Corelli begriff: Hier stand nicht Christus vor Pilatus, hier urteilte Pilatus über sich selbst. Richter und Angeklagter waren ein und dieselbe Person. Jesus hielt Gericht über Christus, Pontius stand vor Pilatus. Was ist die Wahrheit, fragte Pilatus, fragten beide auf einmal, und Corelli fragte es sich auch, als er in der Doppelrolle von Richter und Angeklagtem Professor Di Landa erkannte.

Während er auch die übrigen Bilder inspizierte, stellte er fest, dass der Tischler nahezu das gesamte Dorf verewigt hatte. Er sah die alte Maddalena und den Lehrer unter dem Kreuz weinen, entdeckte Pater Giuseppe als römischen Hauptmann sowie den Apotheker, der dem toten Jesus selbstlos sein Grab zur Verfügung stellte. Waren die Dorfbewohner damit einverstanden gewesen? Oder erkannten sie nur die jeweils anderen in den Rollen, die der Tischler ihnen zugewiesen hatte?

Mit einem Hupkonzert meldeten sich die Mechaniker zurück, als Corelli gerade auf den Kirchplatz hinaustrat. Die Männer, die Pater Giuseppe angeheuert hatte, saßen auf der Ladefläche eines kleinen Lastwagens und winkten ihm triumphierend zu. Im Schlepptau hatten sie seinen Wagen.

»Den Reifen zu wechseln, war kein Problem«, meinte der Pater, »aber irgendjemand hat wohl am Anlasser rumgefummelt!«

So langsam machte sich Corelli Sorgen. Das ging doch nicht mit rechten Dingen zu! Aber Pater Giuseppe wiegelte ab: Er solle sich keine Gedanken machen, man brauche lediglich ein bisschen Geduld und Fingerspitzengefühl, ja Fingerspitzengefühl vor allem. »Besser als der Pater macht es Ihnen keine Werkstatt«, ermutigten ihn die Umstehenden, und weil Corelli einsah, dass ihm gar nichts anderes übrigblieb, ergab er sich in sein Schicksal.

# 14

Das Telefonat mit seinem Vorgesetzten fiel ihm leichter als gedacht. Auf keinen Fall wollte Corelli die Geschichte vom leer gefahrenen Tank erzählen. Stattdessen druckste er herum, er sei noch einmal aufs Land gefahren, fühle sich jetzt aber nicht wohl, habe schlimme Kopfschmerzen. Das war nicht einmal gelogen, und sein Plan ging auf. Der Kommissar spielte das Verständnis in Person, das heißt, er missverstand ihn so gründlich wie erhofft: Das sei nur allzu nachvollziehbar – explizit erwähnte der Chef Corellis private Lage nicht –, am besten spanne er dort ein paar Tage aus. »Hör mal, Corelli! In der nächsten Woche will ich dich nicht im Büro sehen, verstanden?«

Mit der Aussicht, am folgenden Tag nicht arbeiten zu müssen, passte sich Corellis Stimmung dem freundlichen Märzwetter an. Und so wurde der weitere Weg durch das Dorf und die nähere Umgebung ein regelrechter Spaziergang. Er begegnete dem Lehrer mit einem Stapel zu korrigierender Hefte unter dem Arm und der alten Maddalena, der er versicherte, in Zukunft stets ein Auge auf den Apotheker zu haben.

»Er wollte auch mich vergiften!«

»Sehen Sie! Nehmen Sie sich nur in Acht!«

Das versprach er, und wie es sich ergab, waren mit einem Mal wieder sämtliche Dorfbewohner auf dem Platz unter den Ölbäumen versammelt, diesmal auch Professor Di Landa, ja, selbst die divenhafte Barelli, die Corelli kokett zuwinkte.

Dieser nahm die spontane Zusammenkunft zum Anlass, mitten in der kleinen Menge stehend die Verkettung unglücklicher Umstände zu schildern, die dazu geführt hatte, dass sein Auto nach wie vor fahruntauglich war; und eigentlich wollte er für alle unmissverständlich klarstellen, dass sein weiterer Aufenthalt im Dorf keinerlei dienstlichen Charakter hatte, er ab jetzt gewissermaßen im Urlaub war, ein Tourist. Doch er blickte in so erwartungsvolle Augen, und auch er selbst wünschte sich insgeheim plausiblere Gründe, die ihn davon abhielten, heute Abend wieder in seiner leeren Wohnung zu sitzen, deshalb sagte er etwas ganz anderes: Der Suizid sei zwar erwiesen, aber in der Kirche seien ihm gewisse Dinge aufgefallen, deren Aufklärung vielleicht noch einige Tage in Anspruch nehmen würden. Die Menge strahlte und nickte.

»Unser Gästezimmer steht Ihnen selbstverständlich weiterhin zur Verfügung«, bot Di Landa an und führte Corelli auch schon ab. »Wo haben Sie denn nur gesteckt? Sie müssen ja hungrig sein. Kommen Sie, wir stellen Ihnen etwas in die Mikrowelle. Oder ist Ihnen immer noch übel?«

Corelli dachte an die unverhoffte Begegnung mit Marie, verbot sich aber, ihrem Mann gegenüber etwas davon zu erwähnen. Weil er schwieg, sprach Di Landa, der auf der Terrasse schon alles vorbereitet hatte. Die Sonnenschirme waren aufgespannt, und auf dem kleinen Tisch zwischen den Liegen standen die Gläser bereit und daneben eine Karaffe mit Wasser und zwei weitere Flaschen Antinori. Nur die Zigaretten waren ausgegangen. Marie hatte das letzte Päckchen mit in den Nachtdienst genommen.

»Wo waren wir gestern stehengeblieben?«

»Bei dem Chauffeur ohne Kopf«, sagte Corelli, der sich vornahm, sich beim Trinken zu mäßigen.

»Gut. Jetzt wird es ein wenig pikant. Ich hoffe, das stört Sie nicht?«

## 15

»Im Chaos der Inflation ging es meinem Vater besser. In dem heillosen Durcheinander, das ausbrach, traute er sich wieder auf die Straße. Für eine Zeit hörte er sogar auf zu trinken. Plötzlich war er viel unterwegs. Eines Abends, als ich auf dem Nachhauseweg mit dem Rad an einer kleinen Menschenmenge vorbeikam, die sich am Eingang einer U-Bahn-Station versammelt hatte, sah ich ihn aus dieser Menge herausragen. Mein Vater war nicht groß, er musste also auf einer Kiste oder etwas Ähnlichem stehen. Er schrie die fremden Leute an, die stehenblieben und zuhörten.

Seinen Blick werde ich nie vergessen. Ich kannte den Blick seiner Wutanfälle, und ich wusste, wie sich seine Pupillen vergrößerten, wenn er Damenbesuch hatte, aber diesen starren Blick, diese weit aufgerissenen Augen hatte ich noch nicht gesehen. Einige Fetzen der Rede schnappte ich auf: Die Weisen von Zion und die jüdische Weltverschwörung! Mein Vater hatte auch vorher schon über die Juden geschimpft, wie es die meisten taten, die ihnen Geld und gute Stellen neideten, aber der scharfe Ton, in dem sich Wut und Verzückung auf merkwürdige Weise mischten, dieser Ton war neu. Schnell stieg ich auf mein Rad und fuhr weiter, bevor er mich am Ende noch entdeckte.

Im Haus der Familie Rosenstein wurde erzählt, dass in München ein gewisser Hitler festgenommen worden sei, der ähnliche Reden hielt wie mein Vater. Das ganze Durcheinander werde aber nicht mehr lange dauern, konstatierte Wolfs Vater mit einem festen Blick durch sein Monokel.

Wenige Tage später zeigte er uns nicht ohne Stolz das neue Geld, das die Regierung eingeführt hatte: hässliche graugrüne Scheine. Und mit einem Mal hörten die Plünderungen und Überfälle auf, und mein Vater saß wieder wie früher zu Hause. Ich aber ging an einem Sonntag mit Wolf und seinen Eltern Unter den Linden spazieren. Bei Lutter & Wegener am Gendarmenmarkt luden sie mich ein auf eine heiße Schokolade mit Sahne. Wir lachten über unsere braunen Schnurrbärte, und Frau Rosenstein sagte zu ihrem Mann, jetzt könne man endlich wieder Feste feiern.

Schon bald wurde mit den Vorbereitungen begonnen. Wolfs Mutter schrieb die Einladungen, die wir Kinder in Kuverts steckten. Ein zweites Dienstmädchen wurde eingestellt und das Haus auf Hochglanz poliert. Ein schweres Bild, das eine geheimnisvoll verschleierte Orientalin zeigte, fand einen Platz über der Treppe, und jeden Tag wurden neue Platten auf dem Grammophon gespielt. Am Abend des Festes dann durften Wolf und ich die Champagnergläser reichen. Wer ist denn der ältere von euch beiden, fragte eine korpulente Dame mit polnischem Akzent, und ich zeigte wahrheitsgemäß auf Wolf. Man hielt uns für Brüder, und niemand klärte das Missverständnis auf. Ich bestaunte einen Chinesen mit Zopf und die exotische Garderobe der Damen. Ich fühlte mich fast wie auf einem Kostümfest. Spät am Abend wurde getanzt. Wir waren nach oben geschickt worden, und man glaubte uns wohl schon im Bett, doch wir beobachteten das Treiben heimlich von der Galerie aus. Frau Rosenstein tanzte in einem langen schwarzen Kleid. Sie tanzte mit einer Frau, die eine Feder im Haar trug, und als die Musik endete, gaben sie sich einen Kuss auf den Mund.«

»Wenn Sie das meinen mit *Pikanterie,* das halte ich aus«, kommentierte Corelli lächelnd. »Haben Sie mich für so prüde gehalten?«

Doch der Professor fasste ihn am Arm und belehrte ihn beinah unwirsch, sie seien erst am Anfang. Immerhin nutzte er die Unterbrechung, um seinem Gast endlich die versprochene Mahlzeit in der Mikrowelle zuzubereiten: Pasta mit Trüffeln.

Corelli traute sich weder zu sagen, dass er genau dasselbe bereits gestern bekommen hatte, noch darauf hinzuweisen, dass man Pilze nicht aufwärmen sollte.

Di Landa entkorkte und schenkte ein.

»Wenn ich wir sage, dann meine ich nicht nur Wolf und mich, sondern auch Wolfs zwei Jahre ältere Kusine Lily. Sie war mit ihren Eltern zu dem Fest gekommen, und das neue Dienstmädchen hatte ihr für diese Nacht das Zimmer hergerichtet, das direkt neben dem lag, in dem Wolf und ich schlafen sollten. Lily war einen Kopf größer als ich, hatte kastanienbraune Zöpfe und nachtschwarze Augen. Ich weiß nicht, ob auch Wolf und Lily den Kuss sahen, den Frau Rosenstein der anderen Frau gab. Jedenfalls lagen wir nebeneinander auf den Dielen der Galerie und beobachteten die Erwachsenen durch das Geländer hindurch, den Kopf auf die Hände gestützt, bis uns das Dienstmädchen entdeckte und ins Bett jagte.

Ich wurde wach, weil Wolf mich rüttelte: Lily meint, du sollst mitkommen, flüsterte er. Auf die Frage, wohin es denn gehe, erhielt ich keine Antwort. Ich schlug die Decke beiseite und stand auf. Die Tür war nur angelehnt, Wolf war also schon draußen gewesen, während ich noch geschlafen hatte.

Ich folgte ihm im Halbschlaf. Das Fest schien seinem Ende entgegenzugehen, die Musik war verstummt, nur ein zahmes Gemurmel war zu hören, das ab und an vom Klirren der Gläser übertönt wurde. Im Schutz der Rauchschwaden huschten wir in Lilys Zimmer, die uns schon erwartete.

Sie saß aufrecht im Bett. »Macht die Tür zu«, forderte sie uns auf und kicherte leise. Wir mussten uns ans Fenster stellen, und ich war gespannt, was folgen würde. Wolf aber schien die Regeln des Spiels zu kennen und stand plötzlich mit heruntergelassener Schlafanzughose da. Die beiden sahen mich an. Du auch, flüsterte Lily, und Wolf grinste. Ich schämte mich, wollte aber kein Spielverderber sein. Also zog auch ich meine Hose runter, allerdings nur so weit, wie unbedingt nötig. Der Mond schien durchs Fenster, und ich sah unsere Schatten auf dem Fußboden. Da erhob sich die Preisrichterin, die bisher nur mit ihren Rehaugen geprüft hatte. Offenbar wollte sie sich nicht allein auf den Augenschein verlassen. Ihre Finger waren nachtkalt. Ich zuckte zusammen. Erst als Lily mich zum Sieger des Spiels erklärte, fiel die Scham von mir ab. Ja, ich wurde fast übermütig: Jetzt du, bestimmte ich, und es trat eine Pause ein. Sie zögerte. – »Nur unter der Decke«, sagte Lily schließlich.

## 16

Es sieht aus wie bei einer Spardose, sagte Wolf, als wir beide am nächsten Tag wieder zu den Seen aufbrachen. Eine Weile stritten wir darüber, wie Lily an dieser Stelle roch. Nach Himbeeren, meinte ich. Es war unser erstes und letztes sogenanntes Männergespräch, denn alle kommenden Gespräche über die Nacktheit und unsere Geschlechtsteile fanden zu dritt statt, mit Lily, während wir im See schwammen oder noch entblößt auf der Wiese lagen, in unseren geheimen Verstecken oder auf dem Nachhauseweg.

Das Spiel ging weiter, und bald verlor es alles Verschämte und fand mit der denkbar größten Natürlichkeit statt. Zwangsläufig endeten alle anderen Unternehmungen, die wir anfingen, in der einen neu entdeckten. Ob wir Verstecken spielten oder auf Stelzen liefen, ob wir Sammelbilder einklebten oder zum Schwimmen fuhren, es lief immer auf das eine hinaus, ein Automatismus, der sich nicht verhindern ließ. Und das Spiel konnte nur zu dritt, nur mit Wolf, Lily und mir stattfinden. Wolf, der schon ein bisschen Französisch konnte, fand einen Namen für unser Spiel: *à trois*.

Irgendwann begann Lily, *à trois* zu variieren. Sie schrieb die Namen unserer Kleidungsstücke auf kleine weiße Zettel, die sie faltete, mit ihren Händen umschloss und hoch in die Luft warf. Dann zog sie einen der Zettel, die verstreut auf dem Boden lagen, und es musste reihum das Kleidungsstück abgelegt werden, das Lily vorlas. Kein Bild aus meiner Kindheit habe ich so sehr vor Augen wie dieses Niederrieseln der weißen Papierzettel.

Längst ging es nicht mehr darum, einen Sieger zu ermitteln, *à trois* war ein wirkliches Spiel, ausgelassen und unschuldig. Etwas völlig anderes war es, wenn Wolf und ich die Dienstmädchen an ihrem freien Abend heimlich beim Schminken beobachteten, in der Hoffnung, mehr zu sehen zu bekommen als die Unterröcke. Ich erinnere mich nur an zwei Begebenheiten, die für kurze Zeit einen Schatten auf unser Spiel warfen, zum Glück jedoch keinen ernsten Schaden anrichteten: Einmal versuchte Wolf ein Geldstück in die Spardose zu stecken und bekam von Lily dafür eine wütende Ohrfeige. Das andere Mal erpresste Lily von uns zwei Sammelbilder: Damit wir ihr beim Urinieren zuschauen durften, musste ich ihr das Bild mit dem amerikanischen Boxer überlassen, das Wolf mir damals in dem schützenden Hauseingang geschenkt hatte.

*À trois* begleitete uns lange Zeit. Immer wieder fand sich ein geeigneter Ort: ein Gebüsch, ein Zimmer oder ein Platz zwischen den Dünen auf Sylt, wo wir zwei Jahre nach dem Fest der Familie Rosenstein mit Wolfs Eltern die Sommerferien verbrachten. *À trois,* rief Lily und warf die Zettel in die Luft. Die Zeit verging, und wir merkten nicht, wie wir uns veränderten. Eines Tages, nachdem Lily alle Zettel vorgelesen hatte, sahen wir, wie ihr der Himbeersaft die Beine entlanglief, den ich dort immer schon gerochen hatte. Niemand sagte ein Wort. Lily zog ihre Sachen an und lief davon.«

## 17

Die Wiese, die sich von der Terrasse der sogenannten Professorenvilla bis zum angrenzenden Olivenhain erstreckt, vor dem neuerdings die Trümmer des alten Schuppens liegen, diese Wiese beginnt Anfang April mit einem Schlag zu blühen: Rot! – Wilder Klatschmohn, Schlafmohn, um genau zu sein. Zunächst schimmert dieses Rot nur durch die schlanken Kapseln an den grünen Stengeln, deren Haut dunkel und borstig behaart ist. Doch von einem Tag auf den anderen brechen die Knospen auf, drängt das Rot nach außen, und weil die Sonne in den letzten Wochen jeden Tag fleißig war, kann man diesen Augenblick nun miterleben, den Moment der Verwandlung. Es ist, als gösse Paolo der Tischler einen Eimer Farbe über die Wiese.

Zwar sind noch immer die grünen Gräser in der Überzahl, und da sind auch Sprenkel von zartem Blau, die wie morgendlicher Raureif auf der Wiese schimmern, doch der Dominanz von Rot ist nicht beizukommen. Corelli glaubt den Mohn zu riechen: Heiß, süß und ein bisschen bitter. Jedenfalls hat sich seit gestern alles verändert. Plötzlich geht man nicht mehr beliebig querfeldein, sondern beginnt, den einmal gewählten Pfad systematisch auszutreten. Das jedenfalls tun Corelli und Di Landa, während sie den Weg zwischen Terrasse und dem zertrümmerten Schuppen immer wieder zurücklegen, wandelnd und disputierend wie einst die Schüler der platonischen Akademie.

Vor der Ruine des Schuppens bleiben sie andächtig stehen; das heißt, Corelli tritt im Grunde nur von einem Bein auf das andere. Di Landas Gedanken hingegen kreisen um die Geschichten, die er dem jungen Burschen noch erzählen wird. Der Blick geht gleichzeitig zurück und nach vorn. Das Erzählen tut gut. Jedenfalls ist das beklemmende Gefühl, das ihn bei seinen früheren Gängen über die Wiese anfiel, mit einem Mal wie ausgelöscht. Leicht ist es trotzdem nicht, das Erzählen.

»Was bedeutet für Sie Schuld?«, fragt er Corelli.

»Bitte?«

»Was ich mich seit Jahren frage: Ob man Schuld wieder loswerden kann? Ob es Heilung gibt, nennen Sie es meinetwegen Vergebung?«

»Ich weiß nicht. Es geschehen Dinge, und man muss damit leben«, antwortet Corelli.

»Ja, Sie sind noch jung, ich verstehe. Aber nehmen Sie an, Sie haben schon ein ganzes Leben hinter sich. Was machen Sie mit dieser Schuld? Was geschieht damit? Was macht sie mit Ihnen?«

»Was wollen Sie mir eigentlich sagen?«

»Sachte, sachte! Was ich sagen will? – Wolf Rosensteins Suizid in meinem Schuppen will mir Schuld zuweisen. Ich weiß nicht, ob Sie das verstehen. Es soll ein Zeichen sein: Gewissermaßen ein symbolischer Freitod.«

»Hören Sie, Ihr Freund Rosenstein hatte einen Tumor im Kopf.«

»Kann sein. Das Zeichen bleibt. Ich habe Schuld auf mich geladen, und sie löst sich nicht auf, auch nach Jahren nicht. Ich bin schuldig, und er hat es mir in der eindringlichsten Form vor Augen geführt – und mich damit alleingelassen.«

»Also ich weiß nicht … da würde ich an Ihrer Stelle eher Pater Giuseppe …«

»Unsinn! Oder meinen Sie, die Theologie hilft uns da weiter? – Der Pater ist wirklich in Ordnung. Aber in diesem Fall … Nein, ich will es Ihnen erzählen. Möglicherweise hat uns das Schicksal nicht ohne Grund zusammengeführt.«

»Glauben Sie an so etwas?«

»Eigentlich nicht. Es kategorisch abzulehnen, scheint mir aber genauso idiotisch.«

Corelli will den Professor drängen, seine Geschichte weiterzuerzählen. Das Thema des Gesprächs wird ihm zu anstrengend. Di Landas Geschichten hingegen sind für ihn wie ein warmes Bad. Man muss nur eintauchen, sich leicht machen, sich fallen lassen.

Corelli hört Di Landas gedämpfte Schritte im Gras – und seine eigenen als Echo. Er hört das rhythmische Klirren der Zikaden, den schrillen Ruf eines Raubvogels, versucht die geheime Schrift der Düsenflugzeuge auf dem azurnen Himmel zu entziffern, sieht in den Sonnenball hinein und danach lange nichts. Und in dieses blinde Glück dringt die Note des Weins, den Di Landa ihm auf der Terrasse unter die Nase hält. Zum ersten Mal im Leben geht Corelli auf, dass Riechen Denken ist.

»Und? Wonach?«, fragt Di Landa.

»Thymian! – Thymian, nach einem starken Regenguss.«

## 18

»Lily kam nicht mehr, nicht mehr zu unserem Spiel, ja nicht einmal mehr zu den Festen im Haus der Familie Rosenstein. Darüber waren Wolf und ich keineswegs erleichtert. Weder Lily noch das Spiel hatten unsere Freundschaft je gefährdet, im Gegenteil. Nur einmal war diese Freundschaft in Gefahr gewesen, aber das hatte nichts mit Lily zu tun. Wolf sollte nach den Sommerferien aufs Gymnasium gehen. Ich hingegen, so hatte mein Vater es sich in den Kopf gesetzt, würde die Oberrealschule besuchen. Als glühender Verehrer des Kaisers glaubte er an das wilhelminische Evangelium der Technik, insofern zog er die naturwissenschaftliche Ausrichtung der Oberrealschulen dem, wie er sagte, humanistischen Unfug der Gymnasien vor. Ich weinte, bettelte, wurde wütend und verzweifelt. Es half nichts – bis mir zwei Menschen zu Hilfe kamen, mit denen ich nicht gerechnet hatte: ein stolzer Herr und eine schöne Dame.

Meinem Großvater, zu dem wir seit dem Tod meiner Mutter keinen Kontakt mehr hatten, ging es nicht um die Wünsche seines Enkels, sondern ums Prinzip. An einem Sonntagmorgen stand der alte Herr auf seinen Stock gestützt in unserer Wohnung. Selten hat jemand einen so tiefen Eindruck auf mich gemacht wie der Vater meiner Mutter, Richter am Oberlandesgericht a. D. Die ersten Anzeichen der Gebrechlichkeit konnten der Würde seines Auftritts nichts anhaben. Mein Großvater weigerte sich, Platz zu nehmen, und hielt in einen unsichtbaren Talar gekleidet eine flammende Rede in unserer verdunkelten Wohnung, sodass meinem Vater, der sich immerhin die Mühe gemacht hatte, die Schnapsflasche vom Tisch zu räumen, die Worte fehlten. Doch Argumente konnten ihn nicht überzeugen, und der Großvater zog als moralischer Sieger, aber unverrichteter Dinge von dannen. Die Frau, die Wolf und mir zu Hilfe eilte, brauchte keine Argumente. Als ich wenige Tage später aus der Schule kam, sah ich Frau Rosenstein aus dem Hauseingang auf die Straße treten. Mein Vater hatte eine Schwäche für schöne Frauen.

Also besuchten Wolf und ich gemeinsam das Gymnasium. Wir traten einem der zahlreichen Laufklubs bei, diskutierten über Romane, vermissten Lily und fuhren immer noch zu den Seen. Die Bäume wurden kahl und wieder grün, die Seen froren zu und tauten wieder auf, und aus den Kindern wurden über die Jahre fast Erwachsene.

Wenige Tage nachdem wir das Abitur bestanden hatten, starb mein Vater: Mitten in der Nacht wurde ich von einem dumpfen Knall geweckt. Ich fand ihn in der Küche. Der Tisch lag umgekippt auf dem Boden, daneben Scherben aus Porzellan. Er kam mir vom Fenster aus entgegen. Mich traf der gleiche ekstatische Blick, den ich damals an ihm bemerkt hatte, als er zu der Menschenmenge sprach. Wie das Torkeln schob ich diesen Blick auf den Alkohol. Doch dann bemerkte ich die seltsam verdrehte Haltung des Oberkörpers, der Schlagseite hatte. Der rechte Arm hing schlaff herunter, willenlos durch die eckigen Bewegungen der übrigen Gliedmaßen hin- und hergeschüttelt, wie bei einer Marionette, der man einen Faden durchtrennt hat; und der Marionettenspieler bemerkt erst während der Aufführung, dass etwas nicht stimmt, und er weiß in seiner Not keinen anderen Rat, als wild an allen übrig gebliebenen Fäden zu ziehen, um die Aufmerksamkeit des Publikums von der fehlenden Bewegung abzulenken.

Mein Vater stolperte mir entgegen und hatte mich, der ich in der Tür stehengeblieben war, fast erreicht, als er von seiner Bahn gerissen wurde und mit voller Wucht gegen den Küchenschrank stieß. Er brach zusammen, raffte sich aber wieder auf und wollte auf allen Vieren weiterkriechen. Doch die Arme klappten ihm weg, und er rollte auf den Rücken. Die weit aufgerissenen Augen schauten … ja, wohin? Nach innen, glaube ich, aber der verzerrte Mund konnte von dem, was sie sahen, nicht mehr berichten. Zwei gelallte Silben, dann war alles still.«

# 19

»Komplizierter, als ich dachte«, sagte Pater Giuseppe und machte ein Karfreitagsgesicht. »Es ist nicht nur der Anlasser.«

Er kroch unter der hochgeklappten Motorhaube hervor und zeigte die ölverschmierten Finger zum Zeichen dafür, dass er die Hand nicht reichen konnte.

»Seltsam«, meinte Corelli, der den Pater im karierten Hemd fast nicht erkannt hätte. »Der Wagen war doch gerade erst in der Werkstatt.«

Pater Giuseppe lächelte gutmütig: »Na ja, Sie wissen doch, wie das läuft.«

Mit dem Handrücken wischte er sich die Schweißtropfen von der Stirn, um sich dann wieder über den Motor zu beugen. Corelli reichte ihm den Schraubenschlüssel und ließ sich die einzelnen Handgriffe erklären, für die er sich nicht im Geringsten interessierte. Schon in seiner Jugend, als die anderen Jungen Tage damit verbrachten, an ihren Vespas herumzubasteln, hatte er seine Finger für die Etüden am Klavier geschont. Der Traum von einer Pianistenkarriere war zwar nicht in Erfüllung gegangen, aber Corelli hatte, spätestens seit er auch im Sommer Handschuhe tragen musste, die Welt aus Schrauben und Schmieröl aus den Augen verloren. Und das Interesse stellte sich auch später nicht mehr ein.

»Zange«, befahl Pater Giuseppe, ohne sich umzusehen. Gestern hätte Corelli ihn noch zur Eile gedrängt. Heute war es ihm schon egal, wie lange die Reparatur dauern würde. Er hatte Zeit – ein neues Gefühl. Der verwunschene Ort tat ihm gut. Und die Geschichten des Professors lenkten ihn von seiner eigenen ab. Was fing man an mit so viel unverhoffter Zeit? Spazieren gehen, im Liegestuhl liegend Erzählungen lauschen, trinken, rauchen … fotografieren vielleicht. Das Porträt der Signora Barelli hatte ihn ermutigt. Der Ort und seine Bewohner waren zauberhaft. Noch magischer als alles andere aber war die französische Musik, die Corelli auch jetzt wieder aus heiterem Himmel traf. Marie, vom Nachtdienst zurückgekehrt, lehnte sich aus dem offenen Fenster ihres Renault.

»So schnell werden wir Sie wohl nicht wieder los! Sie können dem Pater demnächst ja auch die Messe dienen!«

Als er sich zu ihr umdrehte, blickte er in undurchsichtige Sonnengläser, hinter denen Marie ihre Augen versteckt hatte. Die Wirkung ihrer Stimme hielt an, doch Corelli war ihr inzwischen besser gewachsen. Gestern hätte er vielleicht noch wortlos zugesehen, wie Marie lachend die letzten Meter zurücklegte, den Wagen parkte, die blaue Reisetasche aus dem Kofferraum nahm, die Sonnenbrille im Gehen absetzte, bis sie schließlich im Haus verschwand; heute gelang es Corelli schon in flüssiger Rede zu antworten: Das sei vielleicht kein schlechter Vorschlag, dem Pater die Messe zu dienen. Aber dann müsse sie auch kommen. Bisher mache sie sich ja immer aus dem Staub. Ob er sie ins Präsidium vorladen müsse, um sie mal ausführlicher zu sprechen?

»Manche behaupten, Sie machten hier nur Urlaub.«

»Das lässt sich ändern.«

Er habe doch ohnehin schon ihr Haus okkupiert, flötete Marie mit geneigtem Kopf und wischte sich wieder eine ihrer kurzen Strähnen aus der Stirn.

»Gut, dann sagen wir genau dort – in einer Stunde«, grinste Corelli mit Händen in den Hosentaschen. Marie winkte mit den Fingern und fuhr los. Ob Kaffee beim Verhör erlaubt sei? – Selbstverständlich!

Er nahm die Zange in Empfang, die Pater Giuseppe nicht mehr brauchte, und hielt diese wie eine liturgische Kerze in die Höhe. Gedankenverloren steckte er die andere Hand in die Jackentasche, und dort fühlte er etwas. Es war das alte Foto der jungen Frau, das er gestern dem Apotheker gestohlen und danach vergessen hatte.

»Noch mal den Schraubenschlüssel«, sagte Pater Giuseppe.

Die Fotografie musste aus den dreißiger oder vierziger Jahren stammen, mit obligatem Braunstich. Corelli mochte die weißen Rahmen auf dem Fotopapier – ein Verfahren, das heutzutage nur noch wenige Fotoläden und die nur gegen Aufpreis anboten. Unverkennbar hatten unbekannte Hände und die Zeit ihre Spuren hinterlassen. Er ertastete die Furchen der Oberfläche mit den Fingerkuppen, wie Risse auf einem alten Gemälde. Die linke untere Ecke des Bildes fehlte.

Die junge Frau auf dem Foto winkte Corelli zu, ein stürmisches Winken, das nur als verwischte Bewegung der rechten Hand existierte. Mit der ruhigen und insofern sichtbaren Hand hielt sie am Hals den offenen Mantel zusammen; die Finger griffen in den Kragen. Offenbar war es windig. Der Wind presste ihr eine Locke ins Gesicht. Die Augen so dunkel wie die Gläser einer Sonnenbrille. Ein gewinnendes Lachen. Im Hintergrund waren unscharf andere Menschen zu erkennen: das Gesicht eines Herrn mit Hut, entstellt durch einen braunen Fleck – wahrscheinlich hatte jemand mit dem Fixierer nicht aufgepasst. Der Mann hielt einen Koffer in der Hand, und Corelli begriff, dass die junge Frau auf einem Bahnhof stand.

Der Fotograf musste sich also im Zug befinden. Ob sie ihn erwartete? Vielleicht kam der Zug auch gar nicht an, sondern fuhr ab, und die beiden hatten sich kurz zuvor auf dem Bahnsteig verabschiedet. Ihr Lachen sprach dagegen, sprach eher dafür, dass in wenigen Sekunden Küsse und Umarmungen folgen würden. Wer mochte die junge Frau sein? In der Apotheke hatte Corelli das Angebot Signora Barellis angenommen und die Frau auf dem Foto kurzerhand zu seiner Mutter erklärt. Der Blick auf alte Fotografien ist immer der Blick eines Kindes. Signora Barelli war das Foto, das zwischen den Papieren ihres Mannes gelegen hatte, offensichtlich unbekannt. Sollte es sich bei der winkenden Frau um eine alte, heimliche Liebe des Apothekers handeln? War er der Fotograf im Zug? Corelli traute ihm nicht einmal eine Fahrt bis Bologna zu. Andererseits: Selbst der Apotheker musste einmal jung gewesen sein.

»Fertig«, rief Pater Giuseppe und ließ die Motorhaube zufallen, schob Corelli zur Seite und stieg auf der Fahrerseite in den Wagen. Er drehte den Zündschlüssel im Schloss und half ein bisschen mit dem Gaspedal nach, bis der Motor ansprang.

»Na bitte!«

# 20

»Kommen Sie«, rief Marie, »schneller!« Sie zog Corelli, der nicht recht wusste, wie ihm geschah, am Arm hoch. Er war schon vor der verabredeten Uhrzeit zum Verhör erschienen, hatte aber den scherzhaft vereinbarten Termin ernst genommen und entschieden, die verbleibende Zeit bis zu ihrer Verabredung in einem der Liegestühle auf der Terrasse zu verbringen. Ebendort war er nach wenigen Minuten eingeschlafen, die alte Kamera auf seinem Schoß.

»Männer!« Marie schimpfte im Glissando. »Da geht es um Leben und Tod, und ihr lasst euch *der* Sonne *im* Gesicht scheinen.«

In der Aufregung macht sie Fehler, dachte Corelli, der durch das schnelle Aufstehen mit seinem Kreislauf zu kämpfen hatte. Wohin es denn gehe?

»Zum Lehrer.«

»Ist er krank?«

»Sein Kater. Irgendetwas mit *die* Auge.«

»Und was soll ich dort?«

»Du assistierst doch gern!«

War das Du Absicht oder auch ein Fehler im Eifer des Gefechts?

Die Tür zum Haus des Lehrers stand offen, und Corelli folgte Marie wie ein Rettungssanitäter die Treppe hinauf. Im Schlafzimmer hockte der Hausherr zusammengesunken und ganz ohne Kinderlächeln auf einem großen Bett mit geschwungenem Gussrahmen, heimliche Tränen in den Augen.

»Wo ist er?«, fragte Marie mit der Strenge derjenigen, die Entscheidungen zu treffen hat, und der verzweifelte Lehrer deutete zaghaft auf eine schwere Kommode an der Wand.

»In der obersten Schublade.« Zwischen der Rückwand und den Schubfächern gebe es einen Hohlraum. Durch den sei der Kater bis nach oben gelangt. »Jetzt versteckt er sich dort schon den ganzen Tag. Das Auge! Grauenhaft! Was sollen wir machen? – Wenn ich die Kommode nur berühre, faucht er.«

»Das sind die Schmerzen. Trotzdem müssen wir ihn da rauskriegen.« Vorsichtig öffnete Marie die Schublade einen Spalt weit und lugte hinein. Zwei grüne Augen leuchteten ihr entgegen, ein großes und ein kleines.

»Komm her, Tiger«, säuselte sie und zog die Lade auf. Und der Kater ließ es sich protestlos gefallen. Womöglich war auch er empfänglich für französische Musik. Der Lehrer pries das Wunder. Marie hievte das Tier aus der offenen Schublade aufs Bett, wo es zwar erschöpft, aber in Habachtstellung kauerte. Jetzt sah Corelli das geschwollene Auge: Breiig quoll es hervor, fast doppelt so groß wie das gesunde, als müsse es jeden Moment platzen.

»Theoretisch könnte es auch ein Tumor sein«, erklärte Marie, »aber dafür ist es zu plötzlich angeschwollen.«

»Gestern war noch gar nichts zu sehen«, brachte der Lehrer hervor. »Er hat nur überhaupt nicht gefressen. Heute Morgen lag er dann wie tot unter dem Bett. Und als ich mich um ihn kümmern wollte, verkroch er sich mit letzter Kraft in der Kommode.«

Marie tastete die Schwellung behutsam mit den Fingern ab.

»Wahrscheinlich eine Entzündung. Trotzdem kann es sein, dass wir das Auge herausnehmen müssen.«

Corelli und der Lehrer erblassten.

»Tiere akzeptieren neue Gegebenheiten viel besser als Menschen. Sie reflektieren nicht. Die Welt einäugig zu betrachten, wird ihm weniger ausmachen, als wir uns vorstellen können.«

»Woher wollen Sie das wissen?«, fragte Corelli, worauf er von Maries Blick durchbohrt wurde.

Sie testete den Reflex des kranken Auges, dessen Sehnerv offenbar unbeschädigt war. Der Anblick des aus der Augenhöhle hervorquellenden Breis kostete Corelli einige Überwindung, eine geschwollene Auster, die fast von selbst aus der Schale schwappte.

»Er schnurrt«, jubilierte der Lehrer. »Es geht ihm schon wieder besser.«

»Katzen schnurren auch vor Angst«, dämpfte Marie die Hoffnung, streichelte den Kopf des Katers und hielt ihre Nase nah an dessen Maul: »Eiter – riecht wie Erbrochenes. Riechen Sie mal.«

Doch niemand wollte sich näher davon überzeugen, was Marie nicht davon abhielt, Corelli jetzt in seine Assistenz einzuweisen, die sie dem Lehrer in seiner Betroffenheit wohl nicht zutraute. Corelli solle den Kater von hinten fest um die Schultern packen. Der Patient ließ es sich in seiner Erschöpfung gefallen, und Marie öffnete ihm mit einem gekonnten Griff das Maul: Die Entzündung sei im Mundraum durchgebrochen, stellte sie fest. Mit etwas Glück könne der Eiter ablaufen.

»Heißt das, er wird wieder gesund?« Der Lehrer war vom Bett aufgesprungen.

»Ich spritze ihm ein Antibiotikum gegen die Entzündung.«

Marie suchte in der blauen Reisetasche nach den nötigen Utensilien: Ampulle, Spritze, Nadel. Sie steckte die Kanüle auf die Spritze, zog Flüssigkeit auf und klopfte dann zweimal mit dem Zeigefingernagel gegen den Zylinder. Im hellen Licht, das durchs Fenster fiel, ließ sie einen Tropfen aus der himmelwärts gerichteten Nadelöffnung perlen. Ihre Hand war völlig ruhig.

Routine, dachte Corelli und fühlte sich an seine früheren morgendlichen Fingerübungen am Klavier erinnert. Anfangs hatte er das Aufwärmen gehasst, das einem ungeschönt die Tagesform voraussagte. Oft hatte er es ausgelassen und die überraschten, kalten Finger gleich in eine Sonate gestürzt. Manchmal hielt er sie auch eine Minute lang in fast siedendes Wasser. Für einen Tag konnte das gutgehen, auf Dauer nicht.

Spätestens seit der Aufnahmeprüfung hatte er sich angewöhnt, den Morgen damit zu beginnen, alle Finger auf die Klaviatur zu legen, zehn Tasten stumm herunterzudrücken und bei gleichbleibendem Druck der Finger die Handgelenke kreisen zu lassen. Es folgten langsame Triller, so gleichmäßig wie möglich von zwei Fingern gespielt, während die übrigen weiterhin die Tasten unten hielten. Er begann mit Daumen und Zeigefinger, danach Zeige- und Mittelfinger und so weiter. Am schwierigsten war die Bewegung zwischen Mittelfinger und Ringfinger. Er spürte das Aneinanderreiben der Handwurzelknochen, ein Gefühl, das ihm spitz ins Hirn schoss. Parallele und gegenläufige Tonleitern, Übungen, bei denen die unterschiedlichsten Intervalle aufeinanderfolgten, Arpeggios und zum Schluss Oktavsprünge, bis sich die Handgelenke taub anfühlten. Er konnte sich nicht mehr genau erinnern, wann er die Fingerübungen nicht mehr als lästige Pflicht empfunden und sich der tranceartigen Wirkung der sich verselbständigenden Handgriffe überlassen hatte. Schließlich war er ganze Tage lang in die Selbstverständlichkeit der Übungen eingetaucht, ohne auch nur eine Mazurka zu spielen.

Der Kater zuckte nicht einmal, als die Nadel in die Haut eindrang. Marie hatte mit Daumen und Zeigefinger in das Nackenfell gegriffen und es zu einem kleinen Zelt nach oben gezogen. Darin verschwand die Nadelspitze. Corelli verstärkte seinen Griff.

»Morgen machen wir dasselbe noch einmal«, sagte Marie.

»Sie meinen, er wird wieder?«, erkundigte sich der Lehrer.

»Abwarten.«

In dem Moment, als Marie sich dem Lehrer zuwandte, warf der Kater fauchend den Kopf zur Seite, entkam Corellis Griff und wischte ihm mit den ausgefahrenen Krallen über den Unterarm. Das Tier sprang schneller als man es ihm zugetraut hätte vom Bett und huschte zur Tür hinaus. Corelli schrie auf und hielt sich den Arm. Er spürte die Wärme, die sich rasch unter dem Hemd ausbreitete, dann sah er die Risse im Stoff und das Blut.

»Man darf Sie ja keine Sekunde aus den Augen lassen«, hörte er Marie im Fortissimo. Sie schob den Ärmel hoch und betrachtete die Wunde – ein Schnitt wie von einem Rasiermesser.

»Keine Angst. Das klammern wir.«

Wieder kramte sie in der Reisetasche, und bevor Corelli noch darüber nachdenken konnte, war schon alles vorbei.

»Sind Sie gegen Tetanus geimpft?«

»Keine Ahnung.«

»Dann tut es mir leid.«

Corelli verstand nicht.

»Hose runter.«

Als der Lehrer den Raum verließ, sei es aus Takt oder einfach, um den Kater zu suchen, drehte Corelli sich um und öffnete die Gürtelschnalle. Nur so weit wie nötig, dachte er, und hielt die heruntergelassene Hose mit beiden Händen fest.

»Wenn Sie verkrampfen, gibt es einen blauen Fleck!«

Corelli stellte sich ihre ruhigen Handgriffe vor: Nadel, Kolben, Zylinder. Marie erklärte ihm die Entstehung von Hämatomen, aber er achtete nicht auf die Bedeutung ihrer Worte, und er spürte auch keinen Einstich.

## 21

Die Dächer des Dorfes lagen hinter einer Kuppe verborgen. Der Himmel zog sich allmählich zu. Am Horizont türmten sich bereits schwere Wolken, und Marie summte, während sie beide nun in kaum zu steigernder Langsamkeit nebeneinander hergingen, eine traurige Melodie – wie für ein Akkordeon. Auf Corellis Frage hin erklärte sie, es handle sich um das Lied, mit dem ihr Vater sie als kleines Mädchen in den Schlaf gesungen habe: Beatrice porte une robe rouge.

»Eine Art Aschenputtel-Geschichte. Das Lied handelt von einem Dienstmädchen, der schönen Beatrice. Eines Abends schleicht sie sich mit dem Kleid ihrer Herrin auf einen Ball. Was dann passiert, ist nicht schwer zu erraten: Die Herrenwelt liegt der unbekannten Schönen zu Füßen. Beatrice trägt ein rotes Kleid, lautet der Refrain. Der Sohn des Bürgermeisters macht ihr einen Heiratsantrag. Bei der Hochzeit – jetzt wieder Refrain – trägt Beatrice das rote Kleid als Brautkleid. In der dritten Strophe kommt dann das traurige Ende: Wenn man es genau nimmt, und das tut die eifersüchtige Herrin, dann ist das Kleid ja gestohlen. Beatrice wird angezeigt und ins Gefängnis gesteckt. Merkwürdigerweise kann sie das gestohlene Kleid behalten. Sie trägt es noch in der Zelle – letzter Refrain.«

»Wie traurig!«, kommentierte Corelli mit einem schiefen Lächeln.

»Als Kind musste ich wirklich die Tränen unterdrücken. Ich habe mich angestrengt, vor der dritten Strophe einzuschlafen. Es hat natürlich nie geklappt.«

Warum ihr Vater die Strophe denn trotzdem gesungen habe?

»Ich habe nie gesagt, dass ich mich davor fürchte.«

»Warum nicht?«

Sie zuckte mit den Schultern: »Ich war erst neun, als er fortging.«

Ob sie nicht müde sei vom Nachtdienst?

Marie machte eine wegwerfende Handbewegung in Richtung Himmel, wo sich immer schwärzere Wolken türmten, und begann unvermittelt zu singen: Beatrice porte une robe rouge. Sie tanzte, drehte sich im Kreis, bald mit ausgebreiteten Armen. Wind kam auf. Corelli nahm die Kamera, wählte eine kurze Belichtungszeit und ließ Marie durch den Sucher tanzen. Ihr Gesang verwirrte ihn. Die Steigerung dessen, was sonst schon wie Musik in seinen Ohren klang, zu einer tatsächlichen Melodie, war kaum mehr zu ertragen. Konzentriert verfolgte er Maries kreisende Bewegungen durch den Sucher seiner Kamera. Dann drückte er ab, zwei-, drei-, viermal. Er spulte zurück, öffnete den Apparat und legte einen neuen Film ein. Das Licht reichte kaum mehr aus, aber Corelli fotografierte weiter.

Durch den Sucher konnte er sie ohne Scheu betrachten. Die Haarsträhnen, die im Rhythmus der kreisenden Bewegungen ins Gesicht fielen, die dunklen Augen, auch jetzt ungetuscht, ihr leuchtendes Lachen, das plötzlich nicht mehr zynisch wirkte, der schlanke Hals, das alabasterfarbene Dekolleté. War der Knopf an ihrem Kleid bei den tanzenden Bewegungen aufgesprungen? Jetzt du, dachte Corelli, behielt es aber für sich. Er schloss auch das rechte Auge und stellte sich ihre blanken Brüste vor. Mit dem ersten Donnerschlag fielen schwere Regentropfen, und wenige Sekunden später schüttete es schon wie aus Kübeln. Sie begannen zu laufen. Lachend flüchteten sie unter eine wuchtige Eiche am Rande des Wäldchens, lehnten sich rücklings gegen den schützenden Stamm und sahen dem Tosen jenseits ihres natürlichen Daches zu.

»Glaubst du, der Kater kommt durch?«

»Manchmal fragt man besser nicht. Ich frage dich auch nicht, worüber du die ganze Zeit mit meinem Mann sprichst.«

»Er erzählt es dir nicht?«

Marie kramte wieder in der Tasche: »Schade, dass wir keine Zigaretten haben.«

»Früher einmal wollte ich Pianist werden«, sagte Corelli.

»Ich weiß.«

»Woher das?«

»Manches erzählt er mir doch.«

So heftig das Gewitter eingesetzt hatte, so schnell verzog es sich auch wieder. Die Abstände zwischen Blitz und Donner nahmen rasch zu, und bald fielen nur noch vereinzelt Tropfen.

»Sing noch mal das Lied!«

## 22

Anders als Corelli erwartet hatte, trank Paolo Wasser – nichts als Wasser: Krüge und Gläser, volle und leere, waren über die ganze Werkstatt verteilt, versteckten sich an den unerdenklichsten Stellen.

»Kennen Sie diese Dame?«

Corelli hatte sich Eintritt verschafft, indem er das gestohlene Foto der winkenden Frau dem Tischler unter die Nase gehalten hatte, mit ausgestrecktem Arm, wie einen Dienstausweis.

»Nie gesehen«, antwortete dieser, drehte sich um und ließ ihn an der offenen Tür stehen.

Marie hatte ihn gewarnt: Der Tischler reagiere allergisch auf unliebsame Inspizienten seiner wohlgehüteten Kunstwerke. Nur wenige besonders Neugierige hatten es im Laufe der Zeit gewagt, einen Blick in das Innere der Werkstatt zu werfen: Pater Giuseppe war mit einer Salve roher Eier empfangen worden; und auch der Fremdenführerin aus Florenz, die in dem malenden Tischler eine potenzielle Attraktion für ihre Kundschaft witterte, erging es nicht besser. Sie stand schon mitten im Allerheiligsten, als der Tischler begriff und sie mit erigiertem Penis, der in Wahrheit ein vor den Hosenschlitz gehaltener Borstenpinsel war, und unter den eindeutigsten Androhungen zur Tür hinausjagte. Seine Launen waren im Dorf zum geflügelten Wort geworden.

Corelli folgte Paolo dem Tischler in einen großen Raum, durch dessen Glasdach gerade die ersten Sonnenstrahlen nach dem Gewitter fielen. Noch nie in seinem Leben hatte er ein größeres Chaos gesehen: Tische und Stühle, aufgespannte Leinwände, leere Rahmen, Spachtel und Pinsel, Eimer und Tuben, Flaschen mit Terpentin, Leimdosen, Nägel und Schrauben, glänzende wie verrostete, Holz in allen erdenklichen Formen und Größen, Balken und Bretter, ganze Stämme sogar, Krüge, Karaffen und Gläser – und Bilder, überall Bilder. Es roch durcheinander nach Wald und Fabrik und Sakristei. Und inmitten der Unordnung stand der Tischler, der direkt aus einem der Wasserkrüge trank.

»Auch was?«

Corelli lehnte dankend ab.

»Ich sollte fröhlichere Bilder malen«, sagte der Tischler so sanft, dass Corelli sich näher herantraute. Erst jetzt registrierte er dessen unvollständige Garderobe: schwarzer Pullover, weiße Unterhose.

»Vielleicht sind es die Farben.«

Beide blickten sie auf denselben knienden Akt, ein Gemälde, mindestens zwei mal drei Meter groß, das sein Modell nicht verleugnen konnte: Die Barelli mit dem Löwen, schoss es Corelli durch den Kopf, Veronika mit dem Schweißtuch, eine kniende Schönheit.

»Es braucht noch mehr Blut. Mehr Leben. Man sieht nicht, wie sie atmet.«

»Ist es denn nicht fertig?«, wunderte sich Corelli.

»Nichts ist fertig! Ich verändere immer wieder.«

Und ehe man ihn noch davon hätte abhalten können, hatte der Tischler auch schon den breitesten Pinsel, den Corelli je gesehen hatte, in der Hand und schmierte die ganze Üppigkeit der knienden Barelli mit einem dunklen Violett zu. Während die beißende Farbe noch trocknete, begann der Tischler schon, mit einem Spachtel einzelne Ausschnitte wieder freizukratzen. Stück für Stück kam der nackte Körper darunter zum Vorschein: der Bauch, die Brüste, das Schamhaar, zuletzt der Hals und die Lippen, bis nur noch winzige violette Fetzen übrig waren, die hier und da etwas bedeckten. Fast hätte man sie für Risse halten können. Unter der jetzt mit einem feinen Haarpinsel bewaffneten Tischlerhand gewannen die Ausschnitte an Tiefe. Corelli sah zu, wie sich das Bild veränderte. Mit jedem Strich wurde die Haut transparenter, beinahe durchsichtig. Im nächsten Moment würden entweder die Organe durchschimmern oder der Pinsel durch die Leinwand brechen.

Die Hand des Tischlers ist gewaltig. Viel zu groß für einen Pinsel. Eher will man darin Hobel und Hammer vermuten, weiß, dass sie zupacken, zuschlagen kann, gröbste Kraft in jedem Fingerglied. Und zugleich wirken diese ungeheuren Finger, wenn sie einen feinen, zerbrechlichen Pinsel halten, ihn flink über die Leinwand gleiten lassen, merkwürdig sanft. Wäre Corelli in der Lage, die Handinnenflächen zu betrachten, er würde keine Schwielen entdecken, keine rauen Unebenheiten, genauso wenig wie an seinen eigenen Händen. Doch er sieht nur den tiefbraunen, dünn behaarten Handrücken. Die Adern breiten sich wie ein Flussdelta unter der Haut aus. Auf den Fingernägeln kleben Reste getrockneter Farbe.

Merkwürdig, dass die Tischlerhand nichts zerbricht. Corelli beneidet den wilden alten Mann: Mindestens Dezimen ließen sich mit diesen Fingern greifen. Was hätten diese Hände für einen Anschlag!

»Schon besser«, meinte der Tischler und suchte einen der Wasserkrüge, die nie da standen, wo er sie gerade brauchte.

»Ich habe den Kreuzweg in der Kirche gesehen«, brachte Corelli etwas zu ehrfürchtig hervor.

»Na und?«

»Es gibt da Ähnlichkeiten und Übereinstimmungen.«

»Ach, ja?«

»Mit den Dorfbewohnern.«

»Man sieht nur, was man sehen will.«

Das Foto, das er ihm gezeigt habe – Corelli nahm es noch einmal aus der Tasche –, gehöre dem Apotheker. Ob er ihm nichts dazu sagen könne? – »Wieso ich?«

Es liege doch auf der Hand, dass ein Künstler ab und an etwas über den Mann seiner Muse erfahre.

Da packten ihn, ehe er sich versah, die Tischlerhände: »Du hast sie fotografiert, nicht wahr? Sei vorsichtig, Jüngelchen! Beim nächsten Mal hab ich dich an den Eiern!«

Eine Schrecksekunde. Dann brach der Tischler in lautes Hohngelächter aus. Die Hände, die sich wie ein Schraubstock um Corelli gelegt hatten, lockerten ihren Griff: »Nun scheiß dir mal nicht in die Hose! Es ist nur, damit die Leute wieder was zu erzählen haben.«

Er machte einen letzten schnellen Strich: »Und was den Apotheker anbetrifft: Der ist kein richtiger Mann.«

»Warum?« – Pikiert rückte Corelli sein Hemd zurecht.

»Sonst müsste ich seiner Frau nicht immer den Pinsel zwischen die Beine stecken …«

Darauf lachte der Tischler noch breiter und zeigte schamlos sein schadhaftes Gebiss.

## 23

Lange war er nicht mehr in Fiesole gewesen. Corelli erinnerte sich an seinen ersten Ausflug mit Gina. Sie waren mit der Linie 7 gefahren, bis zum Kloster hinaufgestiegen und hatten den schönsten Blick auf Florenz gesucht. Gina hatte mit dem Küssen angefangen, und sie hatten den Bus verpasst. Nie würde er diesen Tag vergessen.

Corelli parkte den Wagen in der Nähe des Rathauses und half Di Landa beim Aussteigen. Am Dom vorbei gelangten sie zu den Ausgrabungsstätten, wo früh am Morgen noch wenig Betrieb war. Sie gingen nicht weit bis zum römischen Amphitheater und blickten über die Zypressenreihen hinweg auf die Nebel, die noch vereinzelt in den Tälern hingen. Hinter den Hügeln konnte man den Appenin erahnen.

Diesen Ausflug nach Fiesole hatte Di Landa am Abend zuvor vorgeschlagen. Insgeheim hatte Corelli darauf gehofft, Marie würde sie begleiten, aber die musste wieder ins Hospital. Es war ein angenehmer und langer Abend zu dritt gewesen. Corelli hatte die Kochkünste des Gastgebers gelobt und nach einigem Drängen den langsamen Satz einer Scarlatti-Sonate auf dem Flügel gespielt. Wenn er schon einmal spiele, dann könne er sie auch begleiten, hatte Marie danach gefordert. Sie hatte sich neben das Instrument gestellt und zu singen begonnen: Beatrice trägt ein rotes Kleid. Alle hatten schon ausreichend getrunken, weshalb sie sich euphorisch und übertrieben dramatisch ins Zeug legten – die beiden Vortragenden wie der alleinige Zuhörer. Niemand nahm es ernst, und kleinste Fehler sorgten für erstaunliche Erheiterung.

Nach dem zweiten Refrain hatte Corelli endlich die passenden Akkorde gefunden, und die dritte Strophe klang schon ganz passabel. Am Ende sang Marie mit geschlossenen Augen und ausgebreiteten Armen: Beatrice porte une robe rouge. Di Landa applaudierte stürmisch und das Duo verneigte sich.

»Ich möchte Ihnen gerne etwas zeigen«, hatte der Professor gesagt, als er Corelli zur Gratulation die Hand reichte: »Begleiten Sie mich morgen nach Fiesole.«

Nun standen sie vor den Steinquadern, die den obersten Rang der Theateranlage bildeten. Vor zweitausend Jahren hatten hier bis zu dreitausend Besucher Platz gefunden, jetzt war kein Mensch zu sehen. Di Landa blickte nach unten in das Halbrund.

»Die Hölle.«

Corelli verstand nicht.

»So ähnlich muss Dante sie sich vorgestellt haben. – Wie einen Krater. So haben Sie das doch in der Schule gelernt.«

»Stimmt«, begriff Corelli: »Luzifer wird aus dem Himmel geschleudert und schlägt wie eine Bombe mitten in der Erde ein. So entsteht der Höllentrichter mit seinen konzentrischen Kreisen.«

»Und den verschiedenen Strafen für die verschieden schweren Sünden.«

»Die Dirnen müssen im Kot wandeln«, wusste Corelli.

Ob ihn das besonders beeindruckt habe?

»Unser Lehrer beschrieb die Stelle sehr plastisch.«

Ob er ihn nach unten begleiten wolle?

»Durch mich geht man hinein zur Stadt der Trauer«, rezitierte Corelli salbungsvoll und nahm die ersten Stufen. Di Landa folgte, und Stufe für Stufe schritten sie im Gedächtnis die Höllenkreise ab.

»Erster Kreis: Die Ungetauften.«

Und Di Landa fand, dass es sich hier noch verhältnismäßig gut leben lasse, in der Gesellschaft alter Dichter und Denker, die keine schlimmen Strafen erdulden mussten.

Weiter abwärts: Sie gelangten vorbei an den Liebenden im Sturm und den Schlemmern im Regen, vorbei an den Geizigen und den Verschwendern, die schwere Lasten trugen, bis zu den Zornigen und Verdrossenen, die im Sumpf steckten. Corelli half Di Landa über eine große Pfütze, und sie betraten den sechsten Kreis, in dem sich die Gottesleugner befanden, deren Strafe Corelli vergessen hatte.

»Sie liegen verbrannt in Steinsärgen«, dozierte der Professor und nahm die nächste Stufe.

»Siebter Kreis: Die Gewalttätigen«, war sich Corelli sicher und senkte die Stimme: »Auch die Selbstmörder.«

»Schon gut«, nickte Di Landa: »Sie sind in Bäume verwandelt.«

»Und wenn man die Zweige abbricht, dann bluten sie.«

Sie gingen weiter und kamen zu den Betrügern, über deren Strafen selbst Di Landa kurz nachdenken musste, bevor sie ihm einfielen. Die Verführer wurden von Teufeln gepeitscht, die Köpfe der Wahrsager waren nach hinten verdreht, und die Fälscher litten an furchtbaren Krankheiten. Ob nicht die Heuchler in Schlangen verwandelt seien, fragte Corelli. »Nein, das sind die Diebe«, korrigierte Di Landa. Die

Heuchler trügen vergoldete Bleimäntel. Hier hörten die Stufen auf. Die letzten vier halbrunden Sitzreihen waren nicht wie die vorherigen durch kleine Tritte unterbrochen. Zwischen ihnen und den oberen Reihen lag ein Graben, durch den sich das ungleiche Paar nun bis an den linken Rand der kleinen Fläche für die Schauspieler vorarbeitete.

»Die unterste Hölle«, sagte Di Landa.

»Sie haben recht.« Corelli verschränkte die Arme: »Man könnte meinen, Dante habe sich hier das ganze Inferno ausgedacht.«

»Da befinden sich die Verräter: Judas, Brutus, Cassius. Spüren Sie den Eiswind, Corelli?«

»Professor Di Landa«, sagte jener strenger als beabsichtigt, »ich schätze, es herrschen im Moment schon deutlich über zwanzig Grad.«

»Jetzt kommen Sie mir bloß nicht so!«, herrschte Di Landa ihn an. Seine Augen hatten sich verengt, seine Lippen waren vor Ärger ganz schmal. »Ich erkläre Ihnen Dantes Hölle, und Sie antworten kleinlich in Grad Celsius. Ich gebe zu, ich bin enttäuscht.«

»Tut mir leid, es ist nur…«

»Schon gut.« Er packte Corelli schmerzhaft am Arm: »Die Vorstellungen von dem, was wir Hölle nennen, haben eigentlich immer mit Feuer und Hitze zu tun. Sämtliche mittelalterliche Darstellungen basieren darauf: Die Sünder werden aufgespießt, gekocht, gebraten. Nur in Dantes Hölle ist das anders: klirrende Kälte statt Hitze, statt Feuer Eis.«

»Kann sein.«

»Moderne Theologen versuchen den Himmel zu säkularisieren: Der Himmel auf Erden! Gott als die Liebe, und so weiter. Aber bei der Hölle geben dieselben Theologen einfach auf. Da bemühen sie sich erst gar nicht um eine Deutung, die Hölle leugnen sie schlichtweg, tun sie ab, als antiquierten Unfug. Ich glaube, es liegt daran, dass sie zu wenig Dante gelesen haben. Die Eishölle! Das ist die Hölle im Hier und Jetzt. Da können Sie allen metaphysischen Überschuss weglassen. Als habe Dante das Ganze für Leute wie Sie geschrieben, die sich vor allem für reale Außentemperaturen interessieren.«

Corelli schwankte zwischen Belustigung und Betroffenheit.

»Schuld erzeugt Kälte, und von dieser Kälte wird man am Ende wie von Packeis umschlossen; sie isoliert, macht einsam. Glauben Sie mir, Corelli. Die Hölle ist aus Eis. – Wissen Sie noch, welche Strafe die Verräter erdulden müssen.«

»Sie können nicht weinen. Ihre Tränen gefrieren vor ihren Augen zu Eis.«

»Begreifen Sie jetzt?«

Da tauchten die ersten Touristen auf, und die beiden Unterweltfahrer beeilten sich zur Piazza Mino zurückzugelangen. Vorbei am Priesterseminar, vor dem ein paar Seminaristen gerade eine Zigarettenpause machten, stiegen sie den steilen Weg bis nach Sant' Alessandro hinauf, wo sie ein lauschiges Plätzchen fanden und sich setzten. Corelli berichtete von der noch besseren Aussicht, die er einmal vom Kloster aus gehabt habe, aber da sei sein Blick vielleicht gefärbt gewesen, und er machte einige Andeutungen über seinen Ausflug mit Gina.

»Wie haben Sie eigentlich Marie kennengelernt?«

»Im Krankenhaus«, erwiderte Di Landa. »Ich hatte in Paris einen Herzinfarkt. Sie war noch in der Ausbildung.«

Mitleid, dachte Corelli, sie liebt ihn aus Mitleid. Aber da begann Di Landa schon wieder zu erzählen.

## 24

»Nachdem mein Vater gestorben war, musste ich unsere Wohnung aufgeben. Wolf ging für ein halbes Jahr nach Paris, wie viele andere junge Männer aus gutem Haus, und ich wohnte für die erste Zeit bei seinen Eltern. Später mietete ich von dem wenigen Geld, das ich inzwischen mit Sportberichten für das Berliner Tageblatt verdiente, ein kleines Zimmer. Dennoch war ich nach wie vor häufig im Haus der Familie Rosenstein zu Gast. Ich saß in einem der Korbsessel, und Frau Rosenstein erzählte von Wolf oder von ihrer Kindheit in Königsberg, oder sie spielte Klavier für mich.

Dann schrieb ich mich an der Universität für Germanistik und Romanistik ein, und bald ließ man mich in der Zeitung nicht nur Boxkämpfe, sondern auch Theateraufführungen kommentieren. Wolf berichtete aus Paris von einem kleinen Abenteuer mit der Tochter seines Vermieters. Ich las seine Briefe an den Ufern der Seen, und obwohl in den Vorstädten wieder geschossen wurde, interessierte mich in diesem Sommer nur noch das Leben, das Wolf und ich das eigentliche nannten. Ich lag am Ufer, sah den Schwimmern zu, die mit ihren Armen das glitzernde Wasser zerteilten, las französische Romane und wünschte mir ein Mädchen für die nächsten Monate. Einmal stellte ich mir vor, Frau Rosenstein würde mich nach einer Chopin-Etüde auf den Mund küssen, wie sie es damals bei ihrer Tanzpartnerin gemacht hatte. Eines Nachmittags brach sie tatsächlich mitten im Spiel ab und strich sich mit ihren Fingern durch das rote Haar. Sie sah sich nicht um, und ich stand still in ihrem Rücken. Wir schwiegen, bis es unerträglich wurde. Da stand sie auf und zündete sich eine Zigarette an.

So vergingen die Tage ohne Wolf. Nachts schrieb ich Kritiken, tagsüber lebte ich halb im Traum, halb in der Wirklichkeit. Und dann sah ich Lily wieder.«

Für einen Moment hielt der Professor inne und ließ sich Kaffee aus der Thermoskanne in einen Plastikbecher einschenken. In den Tälern lösten sich die letzten Nebel auf, der Horizont flimmerte. Vorsichtig schlürfte Di Landa den ersten heißen Schluck durch die geschürzten Lippen.

»Ich erkannte Lily an ihren nachtschwarzen Augen. Die Haare hatte sie hochgesteckt. Es war mein erster Besuch in dieser Bibliothek. Ich hatte mich durch die Stille hindurch zu einem der Regale geschlichen, hatte wahllos einen schweren Band herausgezogen und einen Platz am Ende des Saals gefunden. Ich schlug eine beliebige Seite auf und überflog die ersten Sätze. Dann wagte ich den Blick in die Runde, um zu meiner Erleichterung festzustellen, dass alle anderen Besucher in ihre Lektüre vertieft waren. Auf Lily wurde ich aufmerksam, als sie nahe dem Eingang in einem der Zettelkästen blätterte, an denen ich achtlos vorbeigegangen war. In aller Ruhe notierte sie eine Signatur, schloss den Kasten wieder, fand das gesuchte Buch und setzte sich auf einen Platz am Fenster. Das Regal neben mir schützte mich vor ihrem Blick, aber ich selbst konnte Lily durch eine Lücke zwischen den Büchern hindurch beobachten, wie durch einen Vorhang.

Unvorstellbar, dass Wolf und ich mit dieser jungen Frau *à trois* gespielt hatten. Das kindliche Gesicht, das mir in Erinnerung geblieben war, gab es nicht mehr, und hätte ich es nicht besser gewusst, ich hätte den Altersunterschied zwischen uns auf wenigstens fünf Jahre geschätzt. Im Gegensatz zu mir war Lily erwachsen geworden. Ihre Züge, die sich mir im Profil zeigten, wirkten fast streng, als sie eine Brille aufsetzte. Ich beobachtete die winzigen Bewegungen der Lippen und der Nasenspitze, studierte den Hals, kannte bald schon den Rhythmus ihres Atems und erschrak jedes Mal, wenn sie schluckte. Sie blätterte in ihrem Buch, strich sich mit der einen Hand über das Haar, ließ das Kinn in der anderen Handfläche verschwinden, sah zum Fenster hinaus.

Erst als Lily das Buch zuklappte und an seinen Platz zurückstellte, bemerkte ich, dass wir die letzten im Saal waren. Ich duckte mich hinter meinem Büchervorhang und blieb, als Lily zur Tür hinaus war, noch einen Moment sitzen, las noch einmal dieselben Sätze, die ich vor einigen Stunden gelesen hatte, stellte den schweren Band an eine Stelle, an die er unmöglich gehören konnte, und eilte nach draußen. Auf der Straße entdeckte ich ihren dunklen Schopf in einiger Entfernung und folgte ihm bis zum Bahnhof Friedrichstraße, wo Lily die Stadtbahn nahm. In einem anderen Wagen fuhr ich mit ihr stadtauswärts und verfolgte sie durch die Straßen, bis ich wusste, wo sie wohnte. Eine Zeit lang wartete ich unschlüssig in einiger Entfernung, dann machte ich kehrt und die ganze Nacht kein Auge zu.

Die nächsten Wochen verbrachte ich, wann immer es möglich war, in Lilys Nähe. Ich ging vor ihrem Haus auf und ab, saß mit ihr in Vorlesungen, von denen ich kein Wort behielt, beobachtete Lily auf dem Tennisplatz und fand heraus, dass sie dienstags und donnerstags in der Zahnarztpraxis ihres Vaters aushalf. Ich war in ihrer Nähe und beobachtete doch alles aus sicherer Entfernung, denn so sehr ich es mir wünschte, vor dem Zusammentreffen hatte ich große Angst. Was sollte ich ihr sagen? Natürlich kannten wir uns, einen Teil unserer Kindheit hatten wir gemeinsam erlebt. Aber das Verbindende war in diesem Fall gerade das Problem. Unsere Vergangenheit war *à trois*. Ich hatte keine Ahnung, was mit Lilys Erinnerung an unser Spiel geschehen war; ob sie tief in ihrem Gedächtnis vergraben war, ob Lily sich ihrer schämte.

Es gab einen weiteren Grund, der mich davon abhielt, sie anzusprechen: Lily war nie allein. Immer sah ich sie in Begleitung einer Freundin, eines Tennispartners oder anderer Studenten. Mir aber war es völlig unvorstellbar, sie im Beisein anderer anzusprechen. Es blieb mir nichts übrig, als verzweifelte Kritiken zu schreiben, Lily weiterhin zu beschatten und abzuwarten. Anfangs war es reizvoll, sie aus der Distanz zu betrachten, sie im Gespräch mit Kommilitonen zu beobachten, ihr Lachen zu studieren, ihre Gesten zu verinnerlichen. Die Heimlichkeit verlor jedoch ihren Reiz, und ich wurde eifersüchtig auf diejenigen, die Lily ganz aus der Nähe erlebten. Als die Blätter von den Bäumen fielen, war ich immer noch ratlos. Dann bekam ich Zahnschmerzen.

Einen ganzen Montag lang hielt ich das Hämmern im Unterkiefer aus. Als ich am Dienstag mit geschwollener Wange im Behandlungszimmer Platz nahm, war es offensichtlich, dass ich nicht viele Worte machen konnte. Auch Lily sagte nur das Nötigste. Sie reichte ihrem Vater, der ein ernstes Gesicht machte, die Zange, und als es in meinem Kopf krachte, trafen sich unsere Blicke.

Zwei Tage später blutete die Wunde zu meiner Freude noch immer, und ich konnte auch am Donnerstag beobachten, wie Lily die Instrumente zurechtlegte. Sie behandelte mich distanziert, ihr Vater aber, der mich einige Male im Haus der Familie Rosenstein gesehen hatte, erkannte mich endlich und bat mich, nachdem die Blutung gestillt war und da kein Patient mehr wartete, auf einen Cognac in die gute Stube – das könne nicht schaden. Weil sich auch Lilys Mutter freute, mich wiederzusehen, und weil ihr Vater sich für meine Arbeit als Theaterkritiker interessierte, blieb ich, bis es draußen dunkel wurde.

Also durfte ich am nächsten Dienstag Lily auch ohne Zahnschmerzen besuchen, und diese Besuche wurden immer häufiger. Lilys Vater gestand mir, seine heimliche Liebe sei die Literatur, aber er habe damals die Praxis seines Vaters übernehmen müssen. Es sei natürlich keine Offenbarung, den Leuten faule Zähne aus ihren Mündern herauszubrechen, sagte er und führte mich in ein Zimmer, dessen Wände bis an die Decke voll waren mit Büchern. Er zog einen Band aus einem Stapel, las bedeutungsvoll einige Verse, und sah mich an. Ihm zum Gefallen sprach ich aus, was er hören wollte: An Ihnen ist ein Schauspieler verloren gegangen!

So vertraut das Verhältnis zu ihren Eltern bald wurde, Lily selbst blieb kühl. Sie gab vor, die Vorlesungen nacharbeiten zu müssen und verschwand für Stunden in ihrem Zimmer. Bei Tisch sprach sie an mir vorbei, und wenn ich etwas fragte, antwortete sie wie auf die Frage eines kleinen Bruders. Nach einiger Zeit ging sie mir regelrecht aus dem Weg. Lily war mir nah und gleichzeitig unerreichbar. Da ich nicht mit ihr reden konnte, begann ich, ihr zu schreiben, einen einzigen Brief, den ich verbrannte und neu schrieb, wieder und wieder, sodass er von Mal zu Mal fiebriger wurde. Ich schickte ihn nie ab. Doch allmählich schlich sich das Fieber in meine Kritiken ein, die zu kaum verschleierten Liebesgedichten wurden. Der Chefredakteur klopfte mir auf die Schulter. Ein bisschen viel Pathos vielleicht, sagte er, aber ansonsten ... alle Achtung! Er habe ein kleines Bootshaus draußen bei Köpenick, fuhr er fort und steckte mir einen Schlüssel zu. Sie haben doch sicher ein Mädchen, machen Sie sich einen schönen Tag.

Noch war es für November erstaunlich warm, aber ich durfte nicht lange zögern. Ermutigt durch das Lob des Chefredakteurs zeigte ich Lily bei nächster Gelegenheit scheinbar beiläufig den Schlüssel und fragte, ob sie eine Bootsfahrt mit mir machen wolle. Ich fragte sie, ohne lange zu überlegen, so wie man eine Münze wirft, und ich war mir sicher, sie würde auf der falschen Seite landen. Aber Lily sagte zu.

Am nächsten Morgen fuhren wir mit der Vorstadtbahn nach Osten, und während wir stumm aus dem Fenster blickten, verließ mich meine Zuversicht wieder. Warum sollte Lily ihre Haltung mir gegenüber plötzlich ändern? Wahrscheinlich würde sie sich über den See rudern lassen, um mich danach genauso zu ignorieren wie zuvor. Außerdem machte mir der Himmel Sorgen. Die Luft war immer noch mild, aber die Sonne hatte sich, anders als in den letzten Tagen, hinter einer Wand aus grauen Wolken versteckt, deren Lücken sich zusehends schlossen, bis selbst das letzte Blau verschwand. Als wir den See kurz vor Mittag erreichten, fielen die ersten Regentropfen.

Man konnte sich keinen schlechteren Tag für eine Bootsfahrt aussuchen, meinte Lily, und ich fühlte, dass mich ihre Worte kränken sollten. Der Chefredakteur hatte mir den Weg von Köpenick aus nur kurz beschrieben, und ich war erleichtert, als wir das Bootshaus fanden. Es war ein Pfahlbau, der halb im See stand: Über eine Leiter erreichten wir den Eingang, ich bot Lily meine Hand und half ihr hoch, der Schlüssel passte.

Als ich die Tür öffnete, fiel das Licht jäh auf das Durcheinander: Werkzeug, Holz, alte Taue und Segelschnur. An einer Wand standen aufeinandergestapelt Stühle und ein kleiner Tisch, darunter volle und leere Weinflaschen. Wir öffneten zwei Fensterläden, die bis zum Boden reichten und den Blick freigaben auf den See. Von dem winzigen Balkon aus hätte man an einem Sonnentag genüsslich das Treiben auf dem Wasser beobachten können, wie aus einer Theaterloge. Hätten wir den Ausflug nur einen Tag früher unternommen!

In der Mitte des Raumes war im Boden eine Luke. Ich klappte sie auf und entdeckte unter uns das Boot. An zwei Pfählen vertäut, schaukelte es im Wasser. Über eine Strickleiter gelangte ich nach unten und konnte mich davon überzeugen, dass es mit der Fahrt auf dem See wirklich nichts werden würde. Im Boot war ich vor dem immer stärker werdenden Regen geschützt, um mich herum aber wurde der See vom herabstürzenden Wasser aufgewühlt. Wie zum Beweis hielt ich ein Ruder in den Regen und ließ die schweren Tropfen darauf zerspringen.

Als ich wieder nach oben kletterte, stand Lily am Fenster. Ich schloss die Luke und Lily im selben Moment die Fensterläden, sodass mit einem Mal kaum mehr die Hand vor Augen zu sehen war. Zunächst dachte ich, Lily habe genug von unserem Ausflug und wolle fort. Vielleicht war sie schon leise zur Tür hinaus. Denn als ich sie rief, blieb alles still. Dann hörte ich ein leises Zischen, und der Schein der Kerze, die Lily entzündet hatte, tauchte den bis eben noch finsteren Raum in ein warmes, flackerndes Licht. Lily stand an der Wand und sah mich in einer Weise an, die mich völlig überraschte: Kann man *à trois* auch zu zweit spielen?

Der Regen wurde immer stärker, und von unten drangen zu uns herauf die dumpfen Schläge des Bootes, das auf den Wellen gegen die Pfähle trieb.«

## 25

Am nächsten Tag wurde Wolf Rosenstein begraben. Die Sonne brannte auf die Köpfe der Trauergäste und auf den Sarg, den Paolo der Tischler gezimmert hatte. Di Landa fühlte den Schweiß in seinen Achselhöhlen und fragte sich, ob es im Sarg vielleicht kühler sei, kam aber zu keinem Ergebnis.

Pater Giuseppe, in vollem Ornat, stand neben dem frisch ausgehobenen Erdhügel in sicherem Abstand zur Grube, in die man den Sarg hinabgelassen hatte. Nur zu gut erinnerte er sich an die Beerdigung des kleinen Michele, der im Dorf auch dann noch der kleine Michele hieß, als er längst mit seiner Frau und den beiden Kindern in Mailand wohnte, wo er sich damals gerade als Anwalt einen Namen machte. An einem Wochenende im Mai war der kleine Michele mit dem Auto von Mailand losgefahren, um seine Mutter im Dorf zu besuchen. Die alte Maddalena, die damals noch nicht wirklich alt war, hatte ein Huhn gerupft, ausgenommen und in den Ofen gesteckt. Als das Huhn längst verbrannt war, hatte ein Polizist an der Haustür geklingelt und erklärt, es habe einen Unfall gegeben auf der Straße zwischen Florenz und Pontassieve.

Zur Beerdigung des kleinen Michele, der neben seinem Vater beigesetzt wurde, waren viele junge Leute aus Mailand gekommen, und Pater Giuseppe hatte sich alle Mühe gegeben. Dann aber war ihm, während er den Sarg mit Weihwasser segnete, der Kopf des Sprengels bei der letzten energischen Gebärde vom Stiel geflogen und unten auf Holz geschlagen. Erschrocken hatte sich Pater Giuseppe an den Rand des Abgrunds gewagt, den Sprengelkopf auch tatsächlich zwischen den Blumen auf dem Sarg entdeckt und plötzlich gemerkt, als er die Hand danach ausstreckte, wie er den Boden unter den Füßen verlor. Allein war er aus der Grube nicht mehr herausgekommen.

Der Pfarrer hielt den Atem an, als er jetzt das letzte Schäufelchen Erde über den Toten warf – das *memento mori* für die Schaulustigen. Er sprach ein schnelles Vaterunser und verließ den Kirchhof federnden Schrittes. Später saß die Trauerschar an verschiedenen Tischen auf Di Landas Terrasse. Die Männer lockerten ihre Krawatten, und die Frauen fächerten sich mit den Servietten Luft zu. Alle waren gekommen, ein geeignetes Publikum für einen der berüchtigten Auftritte des Tischlers: Der beugte sich, kaum dass er an einen der Tische herangetreten war, über das vor ihm stehende Tablett, ließ den Mund einfach offen stehen und den Speichel so lange herauslaufen, bis er über das ganze Gebäck verteilt war.

»Damit mir von euch Fresssäcken keiner was wegnimmt!«

Dann machte er sich daran, Kuchen und Kekse in aller Ruhe in sich hineinzustopfen. Die Meisten bemühten sich, derartige Entgleisungen des Tischlers als notwendige Begleiterscheinungen seiner künstlerischen Begabung zu verstehen. Nur der Apotheker wollte sich nicht daran gewöhnen, dass der Tischler ernst gemeinte Fragen mit dem Herausstrecken der Zunge beantwortete. Unvorhersehbar waren vor allem seine Gemütsschwankungen: Von einem Augenblick zum nächsten saß er wie hypnotisiert da, einen unsichtbaren Punkt am Horizont fixierend. Von Zeit zu Zeit schob er sich mechanisch etwas von dem Gebäck in den Mund, das ihm aufgrund scines Kunstgriffs niemand mehr streitig machte.

Auch Di Landa ließ den Leichenschmaus an sich vorbeiplätschern. Der Auftritt des Tischlers entging ihm ebenso wie die verschiedenen über die Tische hinweg geführten Unterhaltungen. Anfangs war es ihm gar nicht recht gewesen, dass sich das Begräbnis zu einem Dorffest ausgeweitet hatte. Aber so war das hier nun einmal. Am Kopf einer der Tafeln wirkte er inmitten des Palavers fast einsam. Wie festgebunden saß er auf dem hölzernen Klappstuhl, nippte nur von Zeit zu Zeit an seinem Espresso und ließ ansonsten Daumen und Zeigefinger der rechten Hand die für sein Alter immer noch vollen Lippen kneten. Der starre Blick schien durch die Trauergesellschaft hindurchzugehen, sein Hemdkragen stand weit offen. Ab und an wehte ein heißer Wind über die rot leuchtende Wiese und riss an Di Landas spärlichem Haar.

Gleißend fällt das Mittagslicht auf die Trümmer des Schuppens. Bald wird er aufräumen müssen, denkt Di Landa und überlegt, wen er um Hilfe bitten könnte. Oder ist es schlauer, eine Firma aus Florenz zu bestellen? Das ist der Vorteil solch handfester Trümmer: Sie lassen sich fachmännisch beseitigen.

Wie hinter Glas sieht er seine Frau, die mit Corelli an einem der anderen Tische Platz gefunden hat. Anfangs hat Marie sich in ihrer unnachahmlichen Art um alle Gäste gekümmert, hat Hände geschüttelt, Dank ausgesprochen, Plätze zugewiesen, Kaffee eingeschenkt. Dann ist sie an Corellis Tisch hängen geblieben. Worüber mögen die beiden reden? Wie intim sind ihre Gespräche? Corellis Begeisterung und Interesse für Marie waren von Anfang an nicht zu übersehen. Und deren freche Bemerkungen sind nichts als Maskerade, das stolze Gebaren einer umworbenen Amazone. Hinter ihren Spitzen liegt mehr verborgen als sich dieser blutjunge Kerl ausmalen kann – Di Landa kennt seine Frau.

Ein spitzer Schrei rüttelte ihn aus den Gedanken. Der Tischler hatte sich am Kleid der Lebensmittelhändlerin die Schokoladenfinger abgewischt und kam nun geradewegs auf den Professor zu, um sich zu verabschieden. Di Landa sah die eigene Hand in der ihm entgegengestreckten Pranke verschwinden und fand ein paar Dankesworte. Doch der Tischler, der sich nicht einmal das Material für den Sarg hatte bezahlen lassen, winkte in Dirigentenmanier ab. Er ließ den Professor stehen und hakte sich bei Signora Barelli unter, die gerade mit ihrem Mann aufbrechen wollte. Dem blieb nichts anderes übrig, als sein gequältes Apothekerlächeln aufzusetzen, das trotz der besseren Zähne nicht halb so breit war wie das Grinsen des Tischlers.

## 26

»Ich habe den Schlüssel zum Bootshaus nie zurückgegeben. Zunächst vergaß ich es einfach, und der Chefredakteur fragte nicht danach. Dann machte Lily den Vorschlag, bei besserem Wetter noch einmal an den See zu fahren, und ich konnte nicht widerstehen. Obwohl keine einzige Wolke am Himmel war, verbrachten wir den Tag im Bootshaus mit geschlossenen Läden. Noch einen Monat später traute ich mich nicht mehr, den Schlüssel zurückzugeben, und damit ging er stillschweigend in meinen Besitz über. Mit der größten Selbstverständlichkeit steckte ich ihn ins Schloss, während ich Lilys Atem im Nacken spürte.«

Di Landa griff in seine Westentasche und legte Corelli einen metallenen Gegenstand in die Hand. Nach und nach hatten sich die Gäste der Trauerfeier verabschiedet, und Corelli war mit den beiden Gastgebern an der langen Tafel übrig geblieben. Als Marie aufgestanden und im Haus verschwunden war, hatte Di Landa die Chance ergriffen und seine Erzählung wieder aufgenommen.

»Ist er das?«, fragte Corelli und wog den Schlüssel andächtig in der Hand.

Di Landa nickte. Am Himmel kreuzten sich die Kondensstreifen zweier Flugzeuge.

»Ich kann nicht sagen, wie oft das Bootshaus zum Schauplatz unseres wiederentdeckten Spiels wurde. In meiner Erinnerung fahre ich Tag für Tag mit Lily dorthin. Ich sehe uns in der Vorstadtbahn sitzen bei helllichtem Tage, und wenn wir wieder nach Hause fahren, ist es stockfinster. Wir sitzen nebeneinander und sagen kein Wort, und fast kommt es mir so vor, als hätte es damals kein Leben jenseits dieser Ausflüge gegeben.

So ging das Jahr zu Ende. Angst vor Entdeckung oder Überraschung hatten wir nicht. Wir glaubten wohl, die Jahreszeit gewähre uns den nötigen Schutz. Wen reizte schon mitten im Winter eine Bootsfahrt? Oder es war die Sicherheit der Verliebten, die Sicherheit des Spiels, die jede Angst vertreibt. Einmal hörten wir draußen Stimmen, und Lily blies die Kerze aus. Die Stimmen kamen näher, und jemand rüttelte an der verschlossenen Tür, die sich auch mit Gewalt nicht öffnen ließ. Kaum war es wieder still, zog Lily mein Hemd wieder aus, das sie sich in aller Eile übergestreift hatte.

Jenseits unseres Rituals waren wir unsicher, wussten nicht miteinander umzugehen. Du spinnst wohl, wies mich Lily einmal empört zurück, als ich sie in aller Öffentlichkeit auf den Hals küssen wollte. Deshalb konzentrierten wir uns auf das Spiel wie zwei Spaziergänger, nur auf die eigenen Schritte achtend, lediglich ab und an flüchtig aufblickend, um mit niemandem zusammenzustoßen. Als wir dann endlich aufblickten, waren die Straßen schon voller brauner Uniformen.

Anfang des Jahres kam Wolf aus Paris zurück, und ich musste mir von ihm erklären lassen, was in Deutschland geschah. Insgeheim war ich froh darüber, dass die Gespräche nach seiner Rückkehr zum ersten Mal nicht um das eigentliche Leben kreisten. Von Lily, von unserem Bootshaus und von *à trois*, das ohne ihn stattfand, konnte ich Wolf nicht erzählen. Der sprach stattdessen von seinem Judentum und den Gefahren, die in Deutschland drohten. Man muss ihnen doch nur zuhören, ereiferte er sich und meinte die Nationalsozialisten. Ich erinnerte mich an die Reden meines Vaters und hielt Wolfs Befürchtungen für übertrieben. Mir wollte nicht einleuchten, dass eine Sache plötzlich von Bedeutung sein sollte, die so lange in meinem Leben ohne Konsequenzen geblieben war. Dann endlich ging mir auf, dass nicht nur die Familie Rosenstein, sondern auch Lilys Familie jüdisch war.

Ich begann Zeitung zu lesen. Bisher hatte ich mich nur für das Feuilleton und die Sportberichte der verschiedenen Blätter interessiert. Jetzt las ich auch den Rest. Ende Januar stand es dann in der Abendzeitung: Hitler Reichskanzler. Der Jubelton war nicht zu überhören, und an den Litfaßsäulen klebten Tag für Tag neue Proskriptionslisten. Mit einem Mal tauchten die alten Vokabeln meines Vaters wieder auf: die Untermenschen, die jüdische Pest. Dann brannte der Reichstag. Wolf erzählte, dass linke Abgeordnete und Anwälte spurlos verschwanden, sprach auch von Konzentrationslagern, und ich wusste nicht recht, was ich mir darunter vorstellen sollte. Die Heilrufe wurden von Tag zu Tag lauter. Lily bekam Angst.«

# 27

Die Zusammentreffen von Corelli und Marie verlaufen jetzt weniger spektakulär als zu Beginn, jedenfalls lässt Corelli keine Gegenstände mehr fallen und ist in der Lage, in ganzen Sätzen zu sprechen. Auch Maries Bekleidung entspricht den Normen westlicher Zivilisation. Dafür werden die Zweisamkeiten häufiger. Wie zufällig kommen sie zustande: ein Zusammentreffen im Haus, aus dem eine kleine Unterhaltungen wird, bei einem Kaffee vielleicht, oder ein Spaziergang, den jeder für sich allein beginnt und bei dem man sich wie versehentlich trifft.

In Wahrheit wirkt dabei ein doppelter Wille, ein geheimer, ein unbewusster vielleicht, auf alle Fälle aber ein starker Wille, der Wünsche in Wirklichkeiten verkehrt. Gegenseitig suchen sie diese Nähe, und die Umstände helfen ihnen dabei: Di Landa ist immer häufiger unpässlich, und Marie hat weniger Krankenhausdienste.

Mittlerweile gelingt es Corelli, ihre Stimme einfach zu genießen; sie irritiert ihn nicht mehr. Er versteht, was Marie sagt, selbst wenn sie alles aufbietet, was ihr an Akzent zur Verfügung steht. So verändert sich das Verhältnis: Corelli wirkt zunehmend freier und selbstbewusster in ihrer Gegenwart, fast ein bisschen frech. Manchmal probiert er einen überlegen souveränen Gesichtsausdruck. Marie wird gleichzeitig braver, als bestünde da eine Wechselwirkung, setzt die Sonnenbrille ab, vergisst ihre Spitzen, gibt sich kumpelhaft, verständnisvoll und ertappt sich dabei, dass sie dem Jungen sympathisch sein möchte.

Aus den zufälligen Begegnungen ergeben sich zufällige Berührungen: Das beiläufige Berühren des anderen am Arm oder an der Hand als begleitende Gebärde der Unterredung; die freundschaftliche Umarmungen als harmloses Nachspiel eines Scherzes. Manchmal, wenn sie nebeneinander sitzen, lässt Marie ihr Knie ganz leicht gegen seines sinken. Dann tut er so, als bemerke er das nicht, rührt sich nicht vom Fleck und erzählt währenddessen wie Chopin mit drei Konzertflügeln auf Tournee ging. Die Sehnsucht der beiden nach Berührung ist so stark, dass sie sich zerquetschen, sich wenigstens blaue Flecken zuziehen müssten, doch tatsächlich kommt es nur zu einem kaum spürbaren Druck.

Selbst die Sprache bleibt von derartigen Experimenten nicht verschont. Weil Corelli mutiger wird, fragt er, ob er sie wieder fotografieren darf? Und Marie geht auf das Spiel ein. Sie antwortet nicht mit Ja oder Nein, denn das Spiel findet zwischen den Sätzen, zwischen den Wörtern statt. Im Wechselgesang steigern sie die Spannung, so weit es geht.

»Soll ich dich noch mal fotografieren?«

»Und dann? Muss ich wieder singen?«

»Oder tanzen.«

»Damit es wieder regnet?«

»Damit müssen wir rechnen.«

»Und dann?«

»Fotografiere ich dich.«

»Im Regen?«

»In nassen Sachen wirst du dich erkälten.«

»So so …«

Manchmal unterhalten sie sich auch wie Bruder und Schwester. Es fasziniert Corelli, dass beides mit ihr möglich ist – ruhiges wie wildes Fahrwasser. Er erzählt Marie von den Problemen seiner Ehe; wie sich die Freundschaft mit Gina über die Jahre verlor. Er weiß nicht, wie es weitergeht. So ein Ende ist merkwürdig.

»Vielleicht sollte ich wieder Klavier spielen.«

»Damit hast du ja schon angefangen«, sagt Marie.

Fragen nach ihren Plänen weicht sie aus. Über die Zukunft denke sie nicht nach. Wie könnte man sonst in diesem Dorf wohnen? Lieber spielt sie die Fremdenführerin und teilt mit Corelli ihr Wissen über die Dorfbewohner: Dass der Lehrer an einer mehrbändigen Römischen Geschichte schreibe; und dass die Meinungen darüber auseinandergingen, ob Pater Giuseppe tatsächlich einmal die höheren Weihen erhalten habe.

»Du meinst…?«

»Er ist ein guter Automechaniker.«

Es ist spät geworden und dunkel. Beim Tischler schimmert noch Licht durch die geschlossenen Vorhänge, und Corelli erzählt Marie von seinem Besuch in der Werkstatt, von den pfeilschnellen Bewegungen des Künstlers, von Spachteln und Pinseln in Zauberhänden. Sie geht ganz nah an eines der Fenster heran, entdeckt einen Spalt zwischen den Vorhängen und kann der Versuchung nicht widerstehen.

»Der Lauscher an der Wand hört seine eigne Schand«, mahnt Corelli mit der Stimme seines Vaters. Marie beherrscht sich mühsam, um nicht laut loszulachen: »Papperlapapp.«

Er stellt sich auf die Zehenspitzen, damit er über ihren Kopf hinwegblicken kann. Der Duft der nachtschwarzen Haare: Mandeln und Schlafmohn. Vorsichtig legt er seine Hände auf ihre Schultern. Das linke Auge wie beim Blick durch die Kamera zugekniffen, versucht er durch die winzige Lücke hindurchzuspähen, die ihnen der Vorhang bietet: Ein Tisch, ein Wasserkrug, der Ausschnitt eines Gemäldes, dem Anschein nach noch feucht.

Und dann entdecken beide gleichzeitig den Maler und sein Modell: Sie sehen die weißen Brüste der Signora Barelli und die Tischlerhände, die unsichtbare Zeichen darauf malen, als verwechsele er Fleisch und Haut mit der Leinwand. Die gewaltigen Tischlerhände sind wie für die Üppigkeit dieser Brüste geschaffen.

In stillem Einverständnis sind Corelli und Marie zu Voyeuren geworden. Und was drinnen geschieht, lässt sie nicht unberührt. Fast ist das gemeinsame Sehen ein intimer Akt. Corellis Hände werden schwer. Drinnen wird das Modell auf dem Tisch ausgebreitet, und die großen Hände machen sich weiter zu schaffen. Das barocke Gemälde wird herumgedreht. Die nackte Diva bäuchlings auf dem Tableau, und der Tischler greift zum Pinsel. Maries Atem geht schneller, und Corelli muss das Kinn gegen die Brust pressen, um nicht aufzustöhnen.

Endlich reißt Marie ihn an der Hand mit sich davon. Sie laufen immer schneller und stimmen ein ausgelassenes Lachen an, mit dem sie die gerade geschauten Bilder wie Geister zu bannen hoffen.

## 28

Er wurde wach und versuchte die Zeit auf seiner Armbanduhr zu entziffern: Viertel nach drei, mitten in der Nacht. Corelli drehte sich auf die Seite, zog die Decke bis ans Kinn und versuchte, wieder einzuschlafen. Da hörte er unten im Haus Geräusche. Er stand auf und schlich barfuß die Treppe hinunter, so nah wie möglich an der Wand entlang, um jedes verräterische Knarren zu vermeiden. Durch den Spalt unter der Küchentür hindurch drang Licht. Er nahm einen schweren Aschenbecher von der Anrichte im Flur und stand so bewaffnet vor der Tür, als diese plötzlich aufgerissen wurde.

»Danke«, sagte Di Landa und nahm den Aschenbecher, »den wollte ich gerade holen.«

Marie saß rauchend am Küchentisch, ohne zu lächeln: »Haben wir Sie geweckt?«

Er habe Stimmen gehört, antwortete Corelli, da habe er nachsehen müssen, Berufskrankheit! Di Landa erklärte: Marie habe schlecht geträumt, und weil sie nicht wieder einschlafen konnte, sei man eben aufgestanden. »Maries französische Träume darf man nicht auf die leichte Schulter nehmen.«

Es habe damit begonnen, dass sie verschwundene und längst verloren geglaubte Gegenstände im Traum gesehen und dann wiedergefunden habe: seine goldene Taschenuhr, den Zettel mit der neuen Telefonnummer ihrer Schwester, einen Barscheck, den irgendjemand ausgerechnet in die Ausgabe von Dostojewskis Idiot gesteckt hatte, eine Nagelschere, einen Regenschirm. Anfangs habe man noch an eine

Kette von Zufällen geglaubt, dann aber begann Marie, ihre Begabung auszuweiten und Ereignisse im Traum vorherzusehen: Schnee im April, die Erkrankung einer Freundin, einen Stau auf der Autobahn. Sie erträumte die dritte Schwangerschaft ihrer Schwester und den Sieg der französischen Fußballnationalmannschaft in einem Freundschaftsspiel gegen die Azzurri.

Nur einmal hatte Marie sich scheinbar geirrt. Mitten in der Nacht war sie aus ihrem Traum geschreckt und hatte Di Landa, dem die Haare zu Berge standen, verkündet, das von einem Erdbeben zerstörte Dorf gesehen zu haben. Der war im Schlafanzug auf die Straße gelaufen und hatte Alarm geschlagen, bis alle auf dem Kirchplatz versammelt waren. Die nur notdürftig Bekleideten hatten ihn aus verschlafenen Augen angeblinzelt, die einen ängstlich, die anderen neugierig, manche verärgert über die nächtliche Ruhestörung. Man wartete in angespannter Stille. Nach einer halben Stunde hatten die ersten angefangen zu kichern, und als die Hähne krähten, waren alle wieder zurück in die Betten gegangen.

»Beim Frühstück hörten wir dann im Radio die Meldung von einem Erdbeben in Japan, bei dem Hunderte von Menschen ums Leben gekommen waren«, sagte Di Landa, »aber jetzt entschuldigt mich. Ich muss wieder ins Bett.«

Er stand auf und schlurfte ohne ein weiteres Wort aus dem Raum. Corelli spielte mit einer Hand imaginäre Tonleitern auf dem Küchentisch. Sie waren allein. Ob Marie von ihrem Traum erzählen wolle? Sie legte den Kopf in den Nacken, blies den Qualm gegen das Licht der Glühlampe und drückte die Zigarette im Aschenbecher aus.

Sie hatte von Wolf Rosenstein geträumt, der außer sich vor Wut aus dem Sarg geklettert sei, nur mit einer eng um den Hals gebundenen Krawatte bekleidet. Schnurstracks eilte er zum Pfarrhaus, um sich bei Pater Giuseppe über das Begräbnis zu beschweren. Marie konnte nicht sagen, weshalb. Der Pater versuchte, den Eindringling zu beruhigen, der eine Minute lang ununterbrochen auf den Klingelknopf gedrückt und ihm zur Begrüßung das Nasenbein zertrümmert hatte. Es werde nicht wieder vorkommen, versicherte Pater Guiseppe und hielt sich ein Taschentuch unter die blutende Nase. Aber Rosenstein insistierte: Ob der Pfaffe seine Hand dafür ins Feuer lege? Da entzündete der Pater eine alte Osterkerze und hielt zum Schwur zwei Finger in die Flamme.

Im nächsten Augenblick aber habe der Tote schon in ihrem Schlafzimmer gestanden, fuhr Marie aufgeregt fort. »Er packte mich am Handgelenk, zog mich aus dem Bett und zerrte mich über die Wiese zum Schuppen. – Ich habe geschrien. Dann bin ich aufgewacht.«

Sie schauderte, die Angst war ihr anzusehen, und Corelli machte unbeholfen Anstalten, ihre Hand zu ergreifen: »Nur ein Traum!«

Mit unverändert sorgenvollem Gesicht nahm sie die letzte Zigarette aus der Schachtel.

»Verstehst du nicht? Ich habe Angst, dass er etwas bedeutet.«

»Du meinst ein Erdbeben in Japan?«

»Sehr witzig.«

## 29

Corelli stand am nächsten Morgen als erster auf und kochte Kaffee. Er blätterte in einer Zeitschrift, ging hinaus auf die Terrasse, setzte sich, die Tasse in der Hand, auf einen der Liegestühle und ließ den Blick über die vom Morgentau glitzernde Wiese schweifen. Auf den Trümmern des alten Schuppens balancierte eine Katze. Der Kater des Lehrers hatte sich offenbar gut erholt. Corelli ging zurück ins Haus. Mit dem Zeigefinger strich er über die Bücher in den Regalen, entzifferte einige Titel auf den Buchrücken, blätterte wieder in der Zeitschrift: Reklame für Parfum, das Fernsehprogramm für Donnerstag, ein Artikel über Dino Zoff. Er war froh, als er endlich Schritte auf der Treppe hörte.

Beim Frühstück klingelte das Telefon. Di Landa nahm ab, blieb, nachdem er sich gemeldet hatte, eine Weile stumm, um den Hörer schließlich an seinen Gast weiterzureichen.

Corelli hörte Ginas verweinte Stimme am anderen Ende der Leitung und war so überrascht, dass er sich erst, als er den Hörer wieder aus der Hand gab, fragte, wie sie ihn ausfindig gemacht hatte.

»Ich muss weg«, verkündete er lakonisch und setzte zum Zeichen der Ernsthaftigkeit die Kappe wieder auf. »Dringend!«

Als er an der Kirche vorbeifuhr, sah er Pater Giuseppe im Gespräch mit der alten Maddalena. Ein Blick in den Rückspiegel überzeugte Corelli davon, dass mit der Nase des Paters alles in bester Ordnung war.

# *Dritter Akt*

# 30

Wäre ihr Vater, der Polizeipräsident a. D., nicht an einer schlimmen Grippe erkrankt, hätte sich Gina, da war sich Corelli fast sicher, überhaupt nicht gemeldet. Er wusste, dass er nur eine Notlösung war. Trotzdem hatte er sich auf den Weg gemacht, um sie ins Krankenhaus zu fahren, vor allem aber, um ab mittags für seine Tochter Isabella zu sorgen.

Corelli fragte sich, ob Gina ohne diesen Engpass ihre Krebserkrankung und die bevorstehende Operation überhaupt erwähnt hätte. Während er aufs Gaspedal drückte, schwankte er zwischen Selbstvorwürfen und blankem Unverständnis für Ginas Schweigen. Warum hatte sie nicht früher über ihre Erkrankung gesprochen? Hatte es Anzeichen gegeben, für die er schlicht blind gewesen war?

Er erhaschte den gewohnten Blick über die Stadt. Aus dem Meer der roten Ziegeldächer ragten die Kuppeln und Türme, und in der Ferne stach der Monte Morello in einen diesigen, aber wolkenfreien Himmel. Träge zwängte sich der Arno unter dem Ponte Vecchio hindurch, als könne er niemandem etwas zuleide tun; anders als an Corellis sechstem Geburtstag. Damals war die ganze Stadt überschwemmt gewesen. Meterhoch hatte das Wasser in den Häusern gestanden, und noch Wochen später hatten die Kinder helfen müssen, den Schlamm aus den Kellern zu schaufeln.

Gina war erstaunlich gefasst. Kurz und knapp erläuterte sie ihm seine Aufgaben: Um ein Uhr Isabella von der Schule abholen, um drei zum Ballettunterricht bringen, um halb fünf zu den Großeltern.

»Sie kann auch bei mir bleiben«, schlug er vor.

»Danke. Nicht nötig.«

Er führte Gina am Arm zum Wagen, hielt ihr die Autotür auf, verstaute ihre Tasche im Kofferraum und fuhr im zweiten Gang an. Der Motor lief tadellos. Sie sei einfach zu spät zum Arzt gegangen, erklärte sie, ohne ihn anzusehen. Der Knoten in der Brust sei schon lange tastbar gewesen.

»Man muss nicht gleich das Schlimmste annehmen.« Vor dem Eingang des Arcispedale di Santa Maria Novella parkte eine Ambulanz, aus der zwei Sanitäter gerade einen Greis im Rollstuhl hoben. Gina wollte nicht, dass Corelli sie begleitete. »Gib Isabella einen Kuss von mir«, sagte sie und ließ die Beifahrertür zuschlagen.

Zwei Stunden blieben ihm noch. Zwei Stunden ohne Aufgabe. Er überquerte den Platz, nahm rechts eine steile Treppe hinab, um den Menschen und Abgasen wenigstens für kurze Zeit zu entkommen, warf einen Blick zurück auf den alten Bischofspalast, gelangte an den Überresten der Stadtmauer vorbei auf die Via di San Niccolo und nahm die erste Abzweigung in Richtung Fluss. Eine Zeit lang sah er den afrikanischen Straßenhändlern am Ufer zu, dann wandte er seine Schritte in Richtung Innenstadt.

Bei einer jungen Frau mit Hornbrille löste er eine Eintrittskarte für die Uffizien. Gina hatte ihn damals einen Monat lang nachmittags, wenn das Museum offiziell schloss, durch die unzähligen Säle geführt. Vormittags geleitete sie Touristengruppen durch dieselben Räume, trug dann auch eine Hornbrille und genoss im Museum eine gewisse Narrenfreiheit, seit der Direktor erfahren hatte, dass sie an einer

Examensarbeit über Masaccio schrieb. Bis tief in die Nacht war Corelli mit ihr durch das Labyrinth spaziert. Sie hatte ihm Leonardos Sfumato erklärt, und er hatte endlich die Haken ihres Büstenhalters auseinanderbekommen.

Jetzt nahm er den Gang mit dem malerischen Ausblick auf den Arno, drängte sich durch das Gewühl vor den Gemälden Michelangelos, warf einen flüchtigen Blick auf das Abendmahl eines Malers, dessen Namen er vergessen hatte, und setzte sich auf die Dachterrasse. Wie mochte es Gina gehen? Hatte sie sich mehr von ihm erhofft? Ja, er hätte sie in die Klinik begleiten sollen.

Auf der Piazza della Signoria bat eine amerikanische Familie um ein Foto. Just press the button. Er stellte sich vor, wie Paolo der Tischler an seiner Stelle die automatische Kamera in hohem Bogen in den Neptunbrunnen geworfen hätte. Corelli beschränkte sich darauf, den wie eine Fußballmannschaft Posierenden im Sucher die Köpfe abzuschneiden. An einem Kiosk kaufte er eine Repubblica und überflog die Schlagzeilen. Noch eine Stunde.

Als er aufblickte, sah er sie mit eiligen Schritten den Platz überqueren – eine Ballerina, die traumwandlerisch durch die Menge tanzt, ohne eines der Hindernisse zu berühren. Marie hatte die Sonnenbrille in die kurzen Haare gesteckt und trug eine lederne Handtasche über der Schulter. Er sah sie zwischen den fremden Körpern verschwinden und wieder auftauchen. Sie kam geradewegs auf ihn zu, hatte ihn aber noch nicht erblickt. Er nahm die Hand aus der Hosentasche, in die er das Wechselgeld gesteckt hatte, und wollte ihr zuwinken. Jetzt schaute sie in seine Richtung. Er zögerte eine Sekunde, dann hielt er sich die Zeitung vors Gesicht: Krise bei Juventus Turin. Er las Wort für Wort, ohne einen Zusammenhang zu begreifen, während er sich Ausdrücke der Überraschung zurechtlegte, die er aufsagen würde, wenn gleich die französische Musik einsetzte. Doch er hörte nur den üblichen Lärm der Stadt. Als er die Zeitung wieder sinken ließ, entdeckte er Marie am Ende des Platzes.

Gegenüber der Badia Fiorentina hatte er sie bis auf zwanzig Meter eingeholt. Er verlangsamte seine Schritte, kontrollierte seinen Atem. Sie bog nach rechts ab in die Via Pandolfini. Er folgte ihr, die Zeitung unterm Arm, in gebührendem Abstand. Den schnellen Schritten nach zu urteilen, schien sie ihr Ziel genau zu kennen. Sie blieb nicht stehen, drehte sich nicht um. Vielleicht eine Verabredung, dachte Corelli, den Blick auf ihre Beine geheftet. Wie war es möglich, mit solchen Absätzen zu tanzen? Er rempelte einen fremden Mann an und entschuldigte sich. Ihre Beine wechselten die Straßenseite. Corelli folgte, nachdem er für einen Moment vor einem Schuhgeschäft stehengeblieben war und die Preisschilder kontrolliert hatte. Endlos lang ging es geradeaus, sodass er fast an einer Straße vorbeigelaufen wäre, von der Marie anscheinend verschluckt worden war. Plötzlich waren die tanzenden Beine verschwunden. Er blickte nach links in die leere Straße: Marie war nicht zu sehen. Er versuchte es in der gegenüberliegenden Straße, ohne Erfolg, kehrte im Laufschritt um, überlegte, ob sie vielleicht gar nicht abgebogen war, und entschied sich dann doch, den Weg in Richtung Piazza dei Ciompi zu probieren, dem er eben nicht getraut hatte.

Auf dem Trödelmarkt fand er sie wieder. Marie kam aus der Halle der Buchhändler, und Corelli musste sich, um weiter unerkannt zu bleiben, für die Polo-Shirts an einem fahrbaren Kleiderständer interessieren. Aus der Holzbude dahinter trat ein glatzköpfiger Mann hervor und versicherte, dass die Hemden alle ungetragen seien. Als Marie an einem Lampenladen an der Ecke vorbei war, schenkte Corelli dem kahlen Händler seine Ausgabe der Repubblica und ließ ihn stehen. Er musste besser aufpassen, wenn er die tanzenden Beine nicht verlieren wollte. Blindlings folgte er ihnen nach links, nach rechts, geradeaus, bis sie die Straßenseite wechselten und die Stufen zu einem der Hauseingänge hinaufeilten.

Die Tür fiel hinter Marie ins Schloss, und Corelli, der seinen Fixpunkt verloren hatte, blieb unschlüssig zwischen den parkenden Autos stehen. Neben dem Eingang waren zwei Messingschilder angebracht, die besagten, dass sich im ersten Stock die Kanzlei eines Anwalts befand und im zweiten die Praxis eines Zahnarztes. Hatte Marie Zahnschmerzen? Oder brauchte sie juristische Beratung? Es konnte sich auch schlicht um eine Kontrolluntersuchung handeln. Eine Behandlung beim Zahnarzt schien Corelli wahrscheinlicher als ein Termin beim Advokaten. In einem Lebensmittelladen kaufte er eine Cola und trank gierig die ersten Schlucke. Andererseits musste Marie nicht unbedingt im Wartezimmer des Zahnarztes sitzen, nur weil sie das Haus betreten hatte, in dem sich dessen Praxis befand. Es gab sicher mehr Wohnungen als die, deren Nutzung die beiden Messingschilder am Eingang erklärten. Sie konnte irgendwo im Haus sein – ganz privat. Wenn man derart durch die Straßen tanzt, hat man wahrscheinlich keinen Zahnarzttermin, schloss Corelli. Ob Marie ein Verhältnis hatte? Traf sie sich hier mit einem Liebhaber?

Mit der leeren Cola-Dose zielte er auf eine offen stehende Mülltonne. Der Wurf geriet ein wenig zu kurz, und die Dose landete auf der vorderen Kante der Tonne, konnte sich einen Moment lang nicht entscheiden und fiel dann doch hinein. Zu dumm, dass er die Zeitung verschenkt hatte! In dem Lebensmittelladen wollte er eine neue kaufen, aber es gab nur die Nazione.

Am Ende konnte Marie auch ein Verhältnis mit dem Zahnarzt haben – wohl eher mit dem Zahnarzt als mit dem Anwalt, dachte Corelli und verbündete sich im Geiste mit dem Juristen gegen den Quacksalber. War er etwa eifersüchtig? Als er auf seine Armbanduhr blickte, wurde ihm übel: Zehn nach eins.

## 31

Isabella war die letzte auf dem Schulhof. Mutterseelenallein spielte sie Himmel und Hölle. Warf den Stein ziemlich weit und hüpfte über die auf das Pflaster gemalten Kästchen. Der Schulranzen lehnte an der Mauer. Corelli tippte seiner Tochter von hinten mit dem Finger auf die Schulter.

»Mama hat gesagt, dass du zu spät kommst«, sagte Isabella in einem emotionslosen Singsang, der auch zum Spiel hätte gehören können. Sie warf und hüpfte erneut.

»Hat sie?«

Er bemühte sich, die Nervosität zu überspielen, stotterte etwas von einem Gerichtstermin, der länger als erwartet gedauert habe – eine ziemlich wichtige Sache.

»Mama hat gesagt, dass du das sagen wirst.«

Sie drückte ihm einen Turnbeutel in die Hand.

»Um drei hab' ich Ballett.«

Er schlug vor, in der Zwischenzeit ein Eis zu essen.

»Darf ich den Stein mitnehmen?« Sie setzte sich den Ranzen auf, Corelli nickte.

Der Eisverkäufer kaute Kaugummi und drehte, während er die Kugeln aufeinanderpappte, immer wieder am Knopf des Transistorradios, das neben ihm plärrte. Isabella bestellte nur Torrone – ungewöhnlich fand Corelli. Als Kind hätte man ihn mit Torrone durch ganz Florenz jagen können. Wie wenig er über seine Tochter wusste!

»Wie war's denn in der Schule?«

Isabella schleckte und erklärte, sie hätten über den Weltkrieg gesprochen: »Warst du auch in den Hügeln?«

Er verstand nicht.

»Signora Baldini sagt, die Partisanen haben sich in den Hügeln versteckt und gegen die Deutschen gekämpft. – Du auch?«

Corelli musste schmunzeln: »Ich war noch nicht geboren. Frag besser deinen Großvater, wenn du ihn heute Abend siehst. Aber ich glaube nicht, dass er in den Hügeln war.«

»Die Deutschen haben Florenz zerstört.«

»Bombardiert haben es die Amerikaner, aber um uns zu befreien – das alles ist ziemlich schwierig.«

Isabella protestierte: »Signora Baldini sagt, dass die Deutschen alle Brücken gesprengt haben.«

»Das stimmt«, antwortete Corelli und leckte den Rand seiner Eiswaffel trocken. »Alle, bis auf den Ponte Vecchio.« Ob sie die Geschichte vom Ponte della Santa Trinita kenne? – Isabella schüttelte den Kopf.

Er erzählte ihr, wie die Florentiner die gesprengte Brücke Stein für Stein aus dem Arno gefischt und mühevoll wieder aufgebaut hatten. Auch die Statuen der Jahreszeiten hatten sie vom Grund des Flusses heben können. Nur der Kopf des Frühlings blieb verschollen.

»Ausgerechnet der Frühling«, seufzte Isabella.

»Jahre später hat man ihn doch noch gefunden – irgendwo flussabwärts«, tröstete Corelli seine Tochter. »Wenn du heute über die Brücke gehst, ist es beinah, als wäre nie etwas geschehen.«

Sie waren am Auto angelangt. Corelli öffnete die Tür und ließ Isabella auf den Rücksitz klettern. Im Radio lief ein italienischer Popsong, den Isabella lauthals mitsang. Trotz des dichten Verkehrs kamen sie rechtzeitig zum Ballettunterricht. Erst jetzt fiel ihm auf, dass sie sich mit keinem Wort nach ihrer Mutter erkundigt hatte. Kinderseelen! Vielleicht war es auch ihm lieber so. Den Turnbeutel in der Hand, verschwand Isabella in dem klassizistischen Toreingang.

Corelli wechselte von einem Radiosender zum nächsten. Sie hatte nur ein Eis gegessen, keine richtige Mahlzeit! Seine Schwiegereltern würden ihm das nachher vorwerfen, soviel war klar. Durch das Seitenfenster hindurch betrachtete er die Häuser. Sein Blick fiel auf ein Institut der Universität: *Lettere e Filosofia*. Er schaltete das Radio ab und stieg aus. Es war nur eine fixe Idee: Würde er in der Bibliothek des Instituts eine Veröffentlichung Di Landas finden?

Bei der Frau am Schalter erkundigte er sich, ob er unter D oder L nachschlagen müsse. Sie antwortete: »Eigentlich unter L, aber am besten probieren Sie es auch unter D.«

Doch der gesuchte Name war unter keinem der beiden Buchstaben verzeichnet. Da fiel ihm ein, dass der Professor wohl nicht unter dem Namen veröffentlicht haben würde, den die Leute aus dem Dorf ihm gegeben hatten. Den deutschen Namen fand Corelli in seinem Notizbuch: *Vonderheid*. Er ging bis zur letzten Reihe der Zettelkästen, zog das entsprechende Schubfach auf und hatte Erfolg. Es gab nur einen einzigen Titel: Di Landas Dissertation über einen französischen Ritterroman.

Die Frau am Schalter blätterte in einem Modemagazin. Ob sie selbst je eines der Bücher gelesen hatte, die sie hütete?

»Das Formular ausfüllen«, befahl sie mit einer Stimme wie vom Band und zeigte mit einem lackierten Fingernagel auf den Stapel weißer Zettel. »Entleihen kann man nur mit gültigem Bibliotheksausweis.«

»Das Buch ist beschlagnahmt«, sagte Corelli und legte seinen Dienstausweis mitten auf ihre Zeitschrift.

Die Mädchen waren noch in der Umkleide. Wahrscheinlich hielt die Ballettlehrerin ihn mit dem Buch unterm Arm für einen überdrehten Wissenschaftler.

»Die Väter kommen nur sehr selten«, bemerkte die Frau, die bestimmt nicht halb so gut tanzen konnte wie Marie, und auch ihre Wörter gingen auf Stelzen.

Sie schafften es rechtzeitig zu den Großeltern. Corelli gab seiner Tochter einen Kuss: »Von Mama!« Er blieb im Wagen sitzen und ließ Isabella die Einfahrt allein hinaufgehen. Als die Haustür geöffnet wurde, fuhr er los. Kreuz und quer durch die Stadt, um schließlich wieder am Santa Maria Novella zu landen. An der Pforte erfuhr er Ginas Zimmernummer. Während er auf den Fahrstuhl wartete, ereilte ihn die erste Schwindelattacke. Krankenhausluft! Er nahm die Treppen, klammerte sich an das Geländer wie an eine Schiffsreling, erreichte das nächste Stockwerk und fand das gesuchte Zimmer. Wie würde Gina reagieren? Corelli klopfte.

Obwohl er keine Antwort erhielt, drückte er die Klinke herunter. Das Zimmer war hell erleuchtet. Gina in Joggingsachen. Neben ihr stand eine Ärztin im weißen Kittel. Beide Frauen sahen entgeistert Corelli an, der stumm die Klinke festhielt. Die Ärztin fand als erste die Sprache wieder. Sie wischte eine der dunklen Haarsträhnen aus der Stirn und öffnete den Mund.

»Warten Sie, bitte, draußen«, verstand Corelli. Vielleicht hatte Marie aber auch etwas ganz anderes gesagt.

## 32

»Wirst du sie operieren?« Corelli war immer noch verwirrt. Es gab mehrere Krankenhäuser in Florenz. Wie hätte man da ahnen können, dass Marie ausgerechnet in dem Krankenhaus arbeitete, in dem Gina lag? Vermutlich hatte sie es ihm erzählt, aber er hatte wieder nicht auf den Inhalt ihrer Worte geachtet.

»Nein«, antwortete Marie: »Ich werde sie nur betäuben. – Ich bin Anästhesistin.«

Nach dem überraschenden Zusammentreffen in Ginas Zimmer hatte sie ihn in der Eingangshalle eingeholt und in den Fahrstuhl gedrängt.

»Besser wir bleiben in ihrer Gegenwart beim Sie. – Ist dir nicht gut?«

»Der blöde Schwindel. Es ist die Luft.«

»Schwindel kann viele Ursachen haben«, erwiderte Marie und erzählte von den Touristen, die ständig eingeliefert wurden. »Sie verkraften die Bilder nicht!«

»Witzig!«

»Nein, im Ernst.«

»Und was macht ihr dagegen?«

»Beruhigungsmittel. Nach ein paar Tagen ist es wieder vorbei. »

Der Fahrstuhl hielt im Keller, und sie erklärte, nach hier unten komme trotz des Kaffeeautomaten um diese Zeit so gut wie niemand. Corelli warf Münzen in den Automaten, und kurze Zeit später saßen sie auf einem der mit Folie überzogenen Betten an der Wand und hielten die heißen

Pappbecher mit Fingerspitzen an den Rändern fest. Die Fahrstuhltür ging auf und wieder zu, aber niemand stieg aus. Sie saßen nebeneinander, ohne sich anzusehen, und sprachen ihre Sätze geradeaus in die halbdunkle Leere. Nur allmählich gewöhnten sich die Augen an das spärliche Kellerlicht: die Notbeleuchtung und der matte Schein, der von dem Kaffeeautomaten ausging.

»Ich wusste bis heute Morgen gar nicht, dass sie krank ist«, begann Corelli nach einer Weile.

»Sie hat nichts gesagt?«

»Vielleicht ist sie nur deswegen ausgezogen.«

Er trank vorsichtig und nagte mit den Zähnen am Becherrand. Wieder ging die Fahrstuhltür auf und zu.

»Wie schlimm ist es?«

»Man kann den Tumor problemlos entfernen. Danach muss man sehen: Bestrahlung oder Chemotherapie; oder gar nichts. Es kommt auf den Befund an. – Sie hat schöne Brüste.«

»Bitte?«

»Ehrlich! Sie ist jung, und sie hat schöne Brüste. Darf ich das nicht sagen?«

»Ich glaube, ich muss jetzt zu ihr.«

»Ja, das musst du – das müssen Sie.«

»Was ist eigentlich hier unten?«, fragte er, stand auf und warf den leeren Becher in den bereitstehenden Müllbehälter.

»Im Keller«, sagte Marie, »sind immer die Leichen.«

## 33

Dafür, dass Corelli vor Tagen in das kleine Dorf mit seinen sonderbaren Bewohnern gefahren war, hatte es mehrere Gründe gegeben. Dafür, dass er nun erneut dorthin zurückkehrte, aufgewühlt und verärgert, gab es nur einen: Er hatte das beschlagnahmte Buch mit den unaussprechlichen Wörtern durchgeblättert. Es war Di Landas Dissertation, geschrieben in holpriger Maschinenschrift. Erst ganz am Ende war er auf Wörter in seiner Sprache gestoßen: Jemand hatte den angehängten Lebenslauf ins Italienische übersetzt. Doch als Corelli die knappe Biografie überflog, suchte er vergeblich nach Übereinstimmungen mit Di Landas Erzählungen der vergangenen Tage: Der Verfasser der Dissertation war nicht in Berlin aufgewachsen, sondern in Hamburg, als Sohn eines Gymnasiallehrers. Das passte nicht zusammen. Hatte Di Landa ihm lauter Lügengeschichten erzählt? Hatte der alte Professor ihn nicht nur betrunken gemacht, sondern auch hinters Licht geführt?

Zunächst war er unschlüssig, dann wurde er wütend und immer wütender – weil er sich wie ein kleiner Junge vorkam; weil sein Vertrauen missbraucht worden war; weil man seine Gutgläubigkeit verhöhnte. Er hatte den Geschichten von Wolf Rosenstein und von Lily und von *à trois* zugehört, nicht selbstlos, aber doch dem Professor zum Gefallen. Er hatte, so empfand er es plötzlich, seine Zeit geopfert. Wozu? – Waren diese Erzählungen schließlich auch nicht mehr wert als die krakelige Wegskizze des Dorflehrers? Er hätte mehr auf der

Hut sein müssen. Doch andererseits: Warum sollte Di Landa ihm Unfug erzählen? Oder war auch der Professor am Ende nicht ganz dicht? Wer ist dieser Mann, dachte Corelli und fand keine Antwort.

In halsbrecherischem Tempo ging es durch die Landschaft. Die wenigen Autos, die ihm anfangs noch entgegenkamen, hupten wild, und ihre Fahrer machten hinter den Scheiben eindeutige Zeichen; und als er das letzte Stück über die unbefestigte Schotterpiste zurücklegte, kündigte eine riesige Staubwolke schon von Ferne sein Kommen an.

Er entdeckte Di Landa zwischen den Trümmern des Schuppens, und diesmal war es Corelli, der den anderen packte; fast schüttelte er ihn, vor Wut schäumend, und wunderte sich über die ausbleibende Gegenwehr. Seinem Opfer schleuderte er alle im Kopf hin- und hergewälzten Vorwürfe ins Gesicht. Was er sich denn einbilde, ihm lauter Lügen aufzutischen!

Di Landa selbst blieb apathisch wie bei ihrer ersten Begegnung. Ihn beschäftigten ganz andere Dinge, deswegen erreichten ihn Corellis Vorwürfe nicht: Er habe eben noch einmal alles inspiziert, begann er zaghaft, in einem Moment, in dem der andere Luft holte. »Weil man ja nicht auf ewig diese Trümmerwelt installieren kann.« Und bei diesen ersten Überlegungen zu den Aufräumarbeiten, sei ihm die am Rand liegende Schuppentür ins Auge gefallen. Warum auch immer, habe er sich dabei ertappt, wie er, auf der Tür kniend, ihren schweren Riegel immer wieder hin- und hergeschoben habe, als könne man tatsächlich noch auf- und zuschließen. Dann sei es ihm plötzlich kalt den Rücken heruntergelaufen:

»Niemand kann sich in einem Schuppen erhängen und hinterher noch schnell von außen den Riegel vorschieben!«

Corelli wurde hellhörig und lockerte seinen Griff.

»Man kann auch nicht zuerst draußen den Riegel vorschieben und sich dann drinnen erhängen.«

Corelli wechselte die Farbe. Sein Magen zog sich schmerzhaft zusammen, als habe der Professor mit voller Wucht hineingeschlagen. Die Verschwörungstheorien der alten Maddalena fielen ihm ein: War es denkbar, dass es sich doch nicht um Selbstmord handelte? Hatte er das Ganze zu sehr auf die leichte Schulter genommen?

Ob Di Landa denn sicher sei, den Riegel zur Seite geschoben zu haben? Möglicherweise war die Tür ja offen gewesen, und er hatte sich die Sache mit dem Riegel nur eingebildet.

»Ausgeschlossen! Ich habe immer den Riegel zur Seite geschoben. Auch dieses Mal.«

Corelli unternahm einen weiteren Versuch: Möglicherweise habe sich das Ritual der Gänge über die Wiese derart verfestigt, dass kleine Veränderungen am Ende nicht mehr auffielen: »So etwas gibt es. Da hält man schließlich die Vorstellung für realer als die Wirklichkeit!«

Mit einem Mal fühlte sich Corelli genauso benommen wie der Professor. Er war sträflich leichtfertig mit der Sache umgegangen. Von Anfang an hatte er nicht den geringsten Zweifel gehegt – Selbstmord und basta. Di Landas Erzählungen war er nur noch als Privatmann, nicht mehr mit kriminalistischem Eifer gefolgt. Andererseits hatte die Obduktion der Leiche keinen anderen Schluss als den Suizid zugelassen. Wie sollte man sich darauf einen Reim machen?

Wie man ein As aus dem Ärmel zieht, griff er jetzt in seine Jackentasche, ohne zu wissen, welche Hoffnung er auf die Karte setzen sollte, die er dort versteckt hielt.

»Kennen Sie diese Frau?«, fragte er und zeigte das Schwarz-Weiß-Foto des Apothekers, auf dem die schöne Frau immer noch winkte. Di Landa sah Corelli an wie den Leibhaftigen.

»Woher haben Sie das?«

»Warum?«

»Das ist Lily.«

# 34

Wenige Minuten später standen beide schon am Tresen des Apothekers, der einen seiner beeindruckenden Hustenanfälle bekam, als Corelli ihm die winkende Frau auf dem Bahnsteig präsentierte. Signore Barelli wirkte noch kleiner als beim letzten Mal; die Ärmel seines Kittels berührten fast die Fingerspitzen. Nachdem der Anfall vorüber war, herrschte für einen Moment eine heilige, fast einschüchternde Ruhe – wie in einer leeren Kirche.

Er habe Angst gehabt, der Kommissar könnte falsche Schlüsse ziehen, begann der Apotheker seine Beichte. Deswegen habe er das Foto nicht erwähnt. Er versuchte erst gar nicht, dessen Besitz zu leugnen. Corelli tippte ungeduldig mit dem Zeigefinger auf die Glasplatte.

»Natürlich gehört das Foto nicht ursprünglich mir«, röchelte das todkranke Männlein. »Ich habe es im Schuppen gefunden – bei dem Erhängten. Ich weiß, ich hätte … Aber sehen Sie doch selbst! Es war nur … Das Bild lag eben da. Was für eine schöne Frau! – Wer ist sie?«

Das tue hier nun wirklich nichts zur Sache, drängte Corelli den Apotheker mit so bösem Gesicht, dass Di Landa ihm besänftigend eine Hand auf die Schulter legte.

In seiner Verzweiflung nahm der Apotheker den letzten Rest an Mut zusammen: Schwer zu sagen, weshalb er an besagtem Morgen den Weg zum Schuppen gewählt habe. Seine Stimme zitterte. Zufall, wer weiß! Er versuchte ein zaghaftes Lächeln. Die Tür des Schuppens sei nur angelehnt gewesen, der Riegel zur Seite geschoben. Das habe ihn stutzig gemacht oder neugierig, keine Ahnung. Ohne groß zu überlegen sei er einfach eingetreten, und da habe er die ganze Bescherung gesehen. »Ich hätte Hilfe rufen sollen, tat es aber nicht.«

Stattdessen hob er das Foto auf, das vor dem Toten auf dem Boden lag – mit Fingerspitzen. Die Frau auf dem Bahnsteig winkte ihm zu. »Ich musste es nehmen.« Da hörte er in der Ferne ein Geräusch, blickte aus der offenen Tür und sah Di Landa am anderen Ende der Wiese. Gewiss, er hätte sich bemerkbar machen sollen! Doch anstatt den Professor herbeizurufen war er leise aus dem Schuppen geschlüpft, hatte die Tür ordentlich geschlossen, den Riegel vorgeschoben und war davongerannt.

»Sehen Sie«, mischte sich Di Landa ein: »Der Riegel war vorgeschoben.«

»Ja«, sagte der Apotheker und ließ seinen Blick zwischen den beiden Ermittlern hin- und herwandern, als erwarte er für seine Ordnungsliebe mindestens ein Lob. Corelli war erleichtert: Nur ein Schuppen war eingestürzt, nicht, wie es für einen Moment ausgesehen hatte, auch sein Gedankengebäude. Und um den letzten Zweifel zu beseitigen, ließ er den kranken Apotheker einmal vom Tresen bis zur Tür und wieder zurück rennen. Erstaunt und zufrieden stellte er fest, wie behände der alte Mann das vermochte.

Mit jedem Schritt, den sie in Richtung der Professorenvilla machten, fiel eine weitere Last von Corellis Schultern. Sie erreichten die Terrasse, und er ließ sich in einen der Liegestühle fallen. Die Abendsonne tauchte die Wiese in ein stählern-scharfes Licht.

»Wir probieren mal einen anderen Wein«, bestimmte Di Landa. »Hier der ist aus dem Piemont: Achtzig Prozent Nebbiolo.«

»Es ist noch taghell!«

»Wir machen einfach die Augen zu. – Riechen Sie doch mal!«

»Fensterleder«, urteilte Corelli.

Seine Erleichterung über die glückliche Wendung hatte alle Wut über die Unstimmigkeiten in Di Landas Biografie vertrieben. Er vergaß jedoch nicht, den Professor darauf anzusprechen. Auf keinen Fall wollte er sich irgendeiner Schlamperei schuldig machen, das hatte ihn dieser Tag gelehrt. Aber er erkundigte sich nun nicht mehr aufgebracht, sondern gelassen, fast im Plauderton.

»Ja, Unstimmigkeiten«, gab der Professor zu. »Die Biografie in meiner Dissertation ist ein wenig geschönt. Aber was hätte ich denn machen sollen: Hineinschreiben, dass mein Vater ein abgehalfterter Offizier und Alkoholiker war?«

»Aber warum der geänderte Geburtsort?«

»Vielleicht wollte ich ein anderer sein. Ich habe die Chancen stets dankbar ergriffen. So wie hier im Dorf: Di Landa! Sie haben mich zum Italiener gemacht. Na gut. – Und Hamburg? Es liegt am Meer. Das Tor zur weiten Welt … Wollen wir nicht alle ab und an ein anderer sein? Ein Pianist zum Beispiel.«

Corelli war nicht ganz überzeugt: »Sie meinen, alles, was Sie mir erzählt haben, entspricht der Wahrheit?«

»Der Wahrheit … Was ist Wahrheit? – Wenn wir beide über unseren Ausflug nach Fiesole berichteten, erhielten wir wohl zwei verschiedene Erzählungen. Ist eine von beiden deswegen falsch?«

»Jetzt lassen Sie doch mal die philosophischen Spitzfindigkeiten.«

»Sie hätten es gern so einfach wie möglich, nicht wahr? Ja, das wollen heute alle! Aber dann darf man nicht nach der Wahrheit fragen. Sehen Sie: Diese Fotografie von Lily. Wie schön sie ist! – Dieses Foto ist nicht die Realität, es handelt sich ja nur um ein Stück Papier, aber ist es deswegen eine Lüge?«

»Ich weiß nicht. Lügen Sie mich an?«

»Ich habe noch nie jemandem so offen und ehrlich erzählt.«

# 35

»Vieles veränderte sich mit den braunen Uniformen, nur unserem Spiel konnten sie nichts anhaben, im Gegenteil: Je größer Lilys Angst wurde, desto häufiger wollte sie diese im Bootshaus verjagen. Aber das Bootshaus lag weit außerhalb der Stadt, und wir erinnerten uns daran, dass man das Spiel unserer Kindheit an jedem beliebigen Ort hatte spielen können. *À trois,* das wir zu zweit spielten, löste sich vom Schauplatz seiner Wiederentdeckung. Und während Wolf sich damit beschäftigte, dass man das Recht auf Meinungsfreiheit aufgehoben hatte, waren Lily und ich nur auf der Suche nach geeigneten Spielorten.

Warum Wolf, der die politische Entwicklung genau verfolgte, überhaupt aus Paris zurückgekehrt war, verstand ich nicht. Dass er sogar dann noch in Berlin blieb, als seine Eltern dorthin flohen, wo er hergekommen war, entbehrte jeder Logik. Als sich die Lage zuspitzte, emigrierten die Eheleute Rosenstein in die französische Hauptstadt, zu einem Zeitpunkt, als Herr Rosenstein gerade noch Beziehungen spielen lassen konnte. Wolf hatte sich im Frühjahr für Medizin eingeschrieben. Vielleicht blieb er deshalb; zumal er im Jargon der Nationalsozialisten nur Halbjude war und insofern – anders als Lily – nicht unmittelbar etwas zu befürchten hatte. Doch konnte man sich in dieser Hinsicht sicher sein?

Nachts brachen uniformierte Männer in Wohnungen ein und verwandelten sie in Folterkeller. Die Überfallenen wurden erschossen oder in einen Hinterhof verschleppt, wo man ihnen mit Wasserschläuchen den Darm aufpumpte. Wer von solchen Gräueln erzählte, beging nach neuem Recht eine Straftat und musste damit rechnen, als Nächster dranzukommen. Sie machen sich keine Vorstellung! Am Tage wurde weiter marschiert, und Hitler tönte aus den Lautsprechern und Radiogeräten. Manche Leute verschwanden spurlos: Ein mit der Familie Rosenstein befreundeter Arzt, der sich für die Straflosigkeit bei Abtreibungen ausgesprochen hatte, musste eines Nachts im Schlafanzug auf die Ladefläche eines Lastwagens steigen. Niemand sah ihn je wieder.

Der März dieses Jahres war ungewöhnlich warm, fast sommerlich. Wir blickten in einen stahlblauen Himmel voller wehender Banner. Neben der neuen Hakenkreuzfahne flatterte die alte Reichsflagge des Kaisers. Mein Vater hätte seine Freude gehabt – eine Zeit der Trommeln und der Fahnen. Siehst du im Osten das Morgenrot, schallte es aus einer SS-Kaserne, an der wir auf dem Weg zu den Seen vorbeiradelten. Wir fuhren zu dritt – Wolf, Lily und ich.

Die Seen, die Fahrten mit den Rädern, die Gespräche an den Ufern. Das war meine Kindheit, die Freundschaft mit Wolf. Ich musste mich daran gewöhnen, dass Lily nun wie selbstverständlich durch diese Bilder spazierte. Natürlich bemerkte Wolf unser heimliches Spiel, er war nicht auf den Kopf gefallen, aber er schaute kaum auf, wenn Lily und ich immer noch außer Atem und mit geröteten Gesichtern wieder aus den Büschen auftauchten. Wir sprachen nicht darüber.

Alles andere machten wir zu dritt: Wir saßen in Cafés, spazierten durch den Park, gingen ins Kino. Manchmal begleiteten mich die beiden auch, wenn ich für die Zeitung unterwegs war. Lily trug einen Fotoapparat, Wolf eine Aktentasche, und niemand verlangte Eintrittsgeld von ihnen. Einmal besuchten wir einen Boxkampf, aber Lily und Wolf konnten nicht lange zusehen. Und dann verbrachten wir unsere Zeit immer häufiger im Haus der Familie Rosenstein, das in seiner neuen Leere unheimlich war, doch gleichzeitig eine Trutzburg inmitten des herrschenden Wahnsinns – unsere Zuflucht, unsere Insel. Die Möbel waren zurückgeblieben, selbst der Flügel, aber es fehlte vieles. Das Haus schien wie ausgeweidet: Es fehlten die Bücher in den hohen Wandregalen, es fehlten die Lampen mit ihren orientalischen Schirmen, die Kerzenleuchter fehlten auf den Beistelltischen, die Samtkissen auf den Sofas, die Decken und Tücher in den Lehnstühlen, die Bilder an den Wänden, die Fotografien, Tischdecken und Vasen, das Silberbesteck und die Kristallgläser, Zigarrenkisten und Zigarettenspitzen; es fehlten die bunten Schachteln und Dosen, es fehlten die Flakons mit betörenden Düften, Chopin fehlte, der für Wolf zu schwer war, ja, es fehlte die Leichtigkeit, alles war leer.

Am 1. April trat der von Hitler und Goebbels beschlossene Judenboykott in Kraft. SA-Posten versperrten den Zugang zu jüdischen Geschäften: Kauft nicht bei Juden! Die Geschäftsinhaber waren vor den Augen der Schaulustigen damit beschäftigt, die Schmierereien zu entfernen, die sie am Morgen auf ihren Schaufenstern vorgefunden hatten: Juda verrecke! Mit dem Boykott der Geschäfte ging das Berufsverbot für jüdische Anwälte und Ärzte einher. Lilys Vater saß ratlos in seinem leeren Wartezimmer.

Wenige Tage später schien auch die Sicherheit unserer einsamen Insel dahin: Lily und ich hatten uns im ehemaligen

Gästezimmer eingeschlossen, uns gegenseitig in die Höhe getrieben und dann eilig unsere Sachen wieder zusammengesucht, während Wolf im Salon immer noch taktvoll auf dem Flügel probierte. Gerade kamen wir die geschwungene Treppe hinunter, als es an der Haustür schellte. Wolf hielt inne und nahm die Hände von den Tasten, machte aber keine Anstalten aufzustehen. Also ging ich nachsehen.

Draußen standen zwei SA-Männer, das Braun ihrer Uniformen schimmerte durch das Milchglasfenster in der Haustür. Wahrscheinlich hatten sie Wolfs Klavierspiel draußen hören können. Besser war es also, die Tür zu öffnen, um sich nicht unnötig verdächtig zu machen. Heil Hitler, schallte es mir entgegen, und die beiden Uniformierten stapften mit ihren Stiefeln in die Diele. Der Kleinere von beiden schepperte mit einer Sammelbüchse: Für die Kriegsgräber, erklärte der Große mit dem vernarbten Gesicht, offenbar der Wortführer.

Ich bat sie, einen Augenblick zu warten, während ich Geld holte, doch ohne sich um meine Bitte zu kümmern, polterten sie bereits hinter mir her in den Salon. Heil Hitler! Wolf saß am Flügel wie angewurzelt, und auch Lily stand stocksteif an der Stelle, an der ich sie verlassen hatte. Beide schwiegen, wie Kinder, die bei etwas ertappt worden waren, wagten kaum einen Blick. Der Große schien diese unheimliche Stille zu genießen. Die Hände auf dem Rücken, schlenderte er wortlos durch den halb leeren Salon und trug sein vieldeutiges Grinsen von einer Wand zur anderen. Ich beeilte mich, zwei Geldstücke aus meiner Börse zu entnehmen und dem Kleinen in seine Dose zu werfen. Er dankte es mir mit einer Grimasse. Doch damit war die Sache nicht vorbei:

Der Große maß weiter den Raum ab, steckte seine Nase hierhin und dorthin, wischte Staub mit dem Zeigefinger vom Flügel und blieb schließlich vor Lily stehen. Unverhohlen musterte er sie von Kopf bis Fuß, schien die noch offenen Knöpfe an ihrem Kleid zu bemerken. Lily wandte den Kopf zur Seite, doch er suchte ihren Blick.

Ob sie auszögen, fragte er, während er mit dem Staubfinger auf die leeren Wände deutete. Keiner fand eine Antwort. Eine stille Ewigkeit! Dann schlug der Große unvermittelt die Hacken zusammen, und mit Hitler-Gruß waren sie wieder zur Tür hinaus. Das kalte Grinsen ließen sie zurück.«

## 36

Was will Di Landa ihm sagen? Worauf laufen diese Erzählungen hinaus? Denn so viel ist mittlerweile klar: Harmlos, wie Corelli anfangs dachte, sind sie nicht. Sie haben einen Fluchtpunkt, ein Ende. Und diesem Ende scheint man sich zu nähern, das ist spürbar. Di Landa wirkt von Satz zu Satz aufgeregter, fiebriger. Er wischt sich die Schweißtropfen von der Stirn, steht auf und setzt sich wieder. Ob ihm nicht wohl sei? – Doch, doch, es gehe schon.

Beim Erzählen scheint er sein Gegenüber fast zu vergessen, obwohl er ohne Corelli nie damit begonnen hätte. Dasselbe gilt für den Wein, mit dem Di Landa plötzlich nachlässig wird. Seit geraumer Zeit schon sitzen sie auf dem Trockenen. Corelli ist das nicht unangenehm, hat er sich doch geschworen, jedes Wort dreimal umzudrehen, und dazu muss er Herr seiner Sinne sein. Durch die Entdeckung von Di Landas Dissertation sind Zweifel aufgekeimt, die sich nicht mit einer Handbewegung vom Tisch wischen lassen. Und seit der Nationalsozialismus Einzug gehalten hat in die Erzählungen, weiß Corelli nicht mehr, ob er das Ende wirklich noch hören will. Wer ist dieser Mann ihm gegenüber?

In Fiesole sind sie gemeinsam die Theaterstufen bis zum Grund hinabgestiegen. Bis zu den Verrätern im ewigen Eis. Vereiste Augen die keine Träne weinen können. Sie werden ihre Schuld nicht los. Das ist die Strafe.

Wie spät ist? Nach zehn, behauptet die Standuhr. Aber welcher Tag? Corelli hat den Überblick verloren. Die letzte Nacht hat er in seiner eigenen leeren Wohnung verbracht, obwohl Di Landa ihn nicht ziehen lassen wollte. Er musste versprechen wiederzukommen.

»Ich muss es zu Ende erzählen!«

Am Morgen ist Corelli ins Krankenhaus gefahren und die Flure entlanggelaufen. Ein Arzt hat ihm in Ginas Zimmer mitgeteilt, die Operation sei gut verlaufen: Der Tumor habe sich komplett entfernen lassen, jetzt müsse man den histologischen Befund abwarten. Gina hat kurz gelächelt, doch dann fielen ihr wie von selbst die Augen zu, und während sie schlief, hat Corelli leise den Nachttisch aufgeräumt. Später hat er seine Tochter von der Schule abgeholt, in einer Trattoria mit ihr gegessen und sie anschließend zu den Großeltern gebracht. Morgen wird er sie ins Krankenhaus mitnehmen. Versprochen!

Worüber er nachdenkt: Ein im Schuppen inszenierter Selbstmord als Anklage. Ist das möglich? Kann man das einem Todkranken zutrauen – die weite Reise; den Suizid als Schuldzuweisung? Oder kann man es gerade nur einem Todkranken zutrauen? – Für die Inszenierung spricht nicht zuletzt das Foto zu Füßen der Leiche.

Di Landa und Corelli. Etwas ist zwischen den beiden so ungleichen Männern entstanden in diesen wenigen Tagen. Es scheint, als verbinde sie mehr als nur das geteilte Geheimnis zwischen Erzähler und Zuhörer. Als wären sie aufeinander zu gerückt mit all ihren Unterschieden, einschließlich des Alters: Di Landa macht das Erzählen jünger, Corelli das Zuhören älter.

## 37

»Was war geschehen? Zwei SA-Männer mit einer Sammelbüchse hatten sich etwas dreist benommen. Mehr nicht. – Mehr nicht? Doch! In Wirklichkeit war viel mehr geschehen: Unsere Insel war untergegangen. Eine Zeit lang hatten wir trotz aller Veränderungen in unserer Welt zu dritt leben können. Jetzt war man in diese Welt eingebrochen. Schlimmer noch: Wir hatten einfach zugesehen, hatten vor lauter Angst nichts unternommen. Aus Angst wovor? Verhaftung, Gewalt, Folter? Dachten wir, sie könnten es Lily und Wolf ansehen, dass sie dem Rassengesetz nach keine Arier waren? Womöglich hatte uns die Dreistigkeit der beiden SA-Männer überrascht, die Sicherheit, mit der sie sich in einem fremden Haus bewegten – die Selbstverständlichkeit ihres unmöglichen Benehmens.

Und Lily? Sie schlug einen Ausflug vor. Das heißt, eigentlich schlug sie nicht vor, sondern sie bestimmte: Einen Ausflug zum See. Doch nicht etwa zu den Seen der Kindheit, sondern nach Osten – zum Bootshaus. Mir war nicht wohl bei dem Gedanken, dass wir zu dritt dorthin fahren würden. Doch Lily ließ sich nicht davon abbringen. Vielleicht hielt sie das Bootshaus für eine Zuflucht, wohin man sich retten konnte, wenn alles unterging. Vielleicht hielt sie es für einen Ausweg.

Wir scherzten ausgelassen, als könnten wir das Schweigen vom Vortag, als könnten wir die Angst verjagen. Der ganze Tag stand im Zeichen dieser Ausgelassenheit. Laut johlend ruderten wir über den See, schlugen mit den Rudern ins Wasser, begannen mit dem Boot zu schaukeln, wild und wilder, bis es kenterte. Das Wasser war kalt. Wir prusteten, lachten.

Heute frage ich mich, ob Lily einfach naiv war. Oder sollte das Bootshaus gar keine Flucht sein? Ging es gar nicht um Rettung? Als die beiden SA-Männer uns die Zerbrechlichkeit des Lebens, dieser dünnen Eisschicht, hatten ahnen lassen, da war Lily diejenige, die am meisten Angst hatte. Am Ende aber, so scheint mir, war sie die Mutigste.

Während Wolf und ich noch am Ufer lagen und uns von der Sonne trocknen ließen, war sie schon im Bootshaus verschwunden. Als es zu dämmern begann, befestigten wir das Boot an den Pfählen und kletterten von unten durch die Luke. Lily hatte die Kerzen angezündet. Vor ihr im weichen Licht stand der Korb mit Obst und Broten. Wolf fand in einer Kiste unter dem Tisch zwischen leeren Weinflaschen eine volle, während draußen nach und nach die Stimmen und Geräusche verstummten. Augen zu, befahl Lily mit vollem Mund. Dann schluckte sie. Stille. Nur das Gurgeln des Wassers war unter uns zu hören. Dann ein kurzes Rascheln. Als wir die Augen wieder öffnen durften, brannte noch eine einzige Kerze. Lily hatte ihre Zöpfe gelöst. Durch das Fenster hindurch ahnte man das fahle Mondlicht, das sich im See spiegelte. *À trois,* rief Lily und ließ die weißen Zettel durch die Luft rieseln.«

## 38

Ob er ihn ins Krankenhaus fahren könne? Weil Di Landa äußerlich gelassen blieb, reagierte Corelli nicht sofort, sondern überlegte, wie ernst die Frage gemeint war. Als er jedoch den Schweiß auf der kalkweißen Stirn des Professors sah, da wusste er Bescheid. Übelkeit gesellte sich hinzu und ein lähmender Schmerz im linken Arm. Corelli wollte eine Ambulanz rufen, doch Di Landa wehrte ab. »Wenn Sie mich fahren, sparen wir die Zeit, die der Krankenwagen für die Hinfahrt benötigt.« Das leuchtete ein. Welches Krankenhaus? Unter allen Umständen zu Marie! Nicht doch lieber zu einer Klinik in der Peripherie, die man schneller erreichen würde? Auf keinen Fall!

Santa Maria Novella. Im weißen Kittel war Marie ihm nach wie vor fremd. Sie sprach sachlich, wie es sich für ihre Rolle geziemte. Möglicherweise diente der Kittel als emotionaler Schutzschild. Das Kardiogramm erinnerte Corelli wieder an die Zeichnung des Lehrers: Wohin gelangte man, wenn man dieser Route folgte? Marie erklärte, sie seien gerade noch rechtzeitig gekommen. Kein wirklicher Infarkt. Zunächst könne man es mit blutverdünnenden Mitteln versuchen. Es gelte, die Nacht abzuwarten. »Er will dich sprechen.« Corelli sah sie an. – »Nicht zu lange!«

Auf dem Flur wurde Corelli wieder schwindelig. Der Professor im zweiten Stock, Gina im dritten, Marie überall oder doch wenigstens im Kellergeschoss am Kaffeeautomaten. Das wirkte wie ein surreales Gemälde, wie ein Traum, dachte

Corelli, ein Marie-Traum vielleicht: Das Krankenhaus als Welt, die Welt als Krankenhaus, ein Entrinnen unmöglich. Und er war dazu verdammt, zwischen den zwei Zimmern und dem Kellergeschoss hin- und herzuirren und Entscheidungen zu treffen.

Er fand ihr Zimmer; trat ein, ohne anzuklopfen. Sie schlief, und er wollte sie nicht wecken. Sah sie nur an. Die geschlossenen Lider, den leicht geöffneten Mund, das ungewaschene Haar. Er würde gern etwas wiedergutmachen. Wie genau, wusste er noch nicht. Er würde sein Leben ändern, irgendwie – das auf jeden Fall. Ginas Vater erkannte er an der Stimme. Obwohl er nur nach der Zimmernummer seiner Tochter fragte, schallte diese Stimme wie ein Nebelhorn über den Krankenhausflur. Den herablassenden Blick ertrug Corelli genauso wie die heimlichen Vorwürfe. Dann beschloss er zu gehen. In der Tür drehte er sich noch einmal um: »Morgen bringe ich Isabella mit. Sie kann abends bei mir bleiben.« – Und bevor sein Schwiegervater noch etwas entgegnen konnte, war er schon zur Tür hinaus.

Di Landa winkte mit seiner verkabelten Hand. Corelli musste sich auf die Bettkante setzen. »Das Foto«, sagte er und legte es dem Professor auf den Bauch. Lily lächelte und winkte. Mit der einen Hand hielt sie den Mantel zusammen, mit der anderen winkte sie. Wolf müsse das Foto gemacht haben, sagte Di Landa, er selbst habe es nie gesehen: »Es zeigt sie am Bahnhof Zoo. – Wo waren wir stehengeblieben?«

»Ich glaube nicht, dass Sie jetzt erzählen sollten.«

»Wann denn sonst?«

## 39

»Lily dachte wohl, wir könnten ewig so weitermachen: Dass wir uns nur im Bootshaus verstecken müssten; dass wir erwachsen genug wären, endlich eine wirkliche *ménage à trois* zu führen; dass die Liebe zu dritt uns retten würde – vor der Welt und vor uns selbst, ein letzter Schutzwall, jetzt, wo die Risse im Haus der Familie Rosenstein immer größer wurden.

Zugegeben, auch ich hatte mich, wie die anderen beiden, maßlos dem Rausch des Unerhörten überlassen. Doch im Licht des Tages verflog dieser Rausch und übrig blieben Skrupel und Scham. Kaum konnte ich Wolf und Lily in die Augen sehen. Dazu kam ein diffuser Schmerz, eine Mischung aus Eifersucht, Enttäuschung, Verletzung. Ich liebte Lily. Und ich hielt uns für ein Paar. Jedenfalls hatte ich unser Zusammensein so gedeutet. Unsere Heimlichkeiten empfand ich längst nicht mehr als Spiel. Außerdem geschah das, was einmal ein Spiel gewesen war, so oft und so ausufernd, dass es von allem Übrigen nicht mehr zu trennen war.

Es ist schwer, Gefühle und Gedanken von damals zu vergegenwärtigen. Zu viel Zeit ist vergangen, und die Zeit verwässert, nivelliert, täuscht. Ich glaube, ich betrachtete die Nacht zu dritt und Lilys darauffolgende Bemühungen, dem Spiel seine ursprüngliche Konstellation zurückzugeben, als Angriff auf meine Liebe. Wie gesagt: Ich deutete alles, was wir taten, als Liebe. Doch möglicherweise verstand Lily darunter etwas vollkommen anderes.

Wolf war nach der Nacht im Bootshaus so unsicher wie ich. Wir sprachen kaum miteinander, gingen uns, so gut das in dem leeren Haus möglich war, aus dem Weg. Ganz anders Lily! Ihre Angst schien wie weggeblasen. Nahezu ausgelassen bewegte sie sich durch die Räume, sang und lachte, machte die Nacht zum Tag und schlief dann halbnackt auf dem violetten Samtsofa ein. Am liebsten wäre sie täglich mit uns ins Bootshaus gefahren, räumte am Ende ein, dass der Ort des Spiels nicht wichtig sei: Wir können es überall tun! Ich versuchte ihr zu erklären, warum ich das nicht konnte: Ich kannte die geheimsten Stellen ihres Körpers, die mir – das mag altmodisch klingen – nahezu heilig waren. Jedenfalls wollte ich sie mit niemandem teilen, nicht einmal mit Wolf, meinem Freund.

Lily verstand mich nicht oder wollte mich einfach nicht verstehen: Wir haben doch auch früher zu dritt gespielt, sagte sie, was soll jetzt daran anders sein? Das sei unsere Kindheit gewesen, bemühte ich mich darzulegen, aber wir seien nun mal keine Kinder mehr. Doch Lily warf den Kopf in den Nacken und lachte über meine kleinbürgerlichen Argumente: Ob es sein könne, dass ich als Kind mutiger gewesen sei als heute? Nein, entgegnete ich entschieden, als Kind habe ich dich nur nicht geliebt, das ist der Unterschied!

Solche Diskussionen häuften sich, und allmählich wurden die Worte spitzer. Die Streitereien vergifteten unsere Tage, und Lily begann meinen Berührungen auszuweichen.«

Di Landa schlug die Hände vors Gesicht und ließ die Handflächen langsam über Augen, Nase und Mund hinabgleiten, bis nur noch die Fingerspitzen das Kinn berührten.

»Es regt Sie zu sehr auf«, meinte Corelli. »Besser wir machen für heute Schluss.«

»Es regt mich auf, dass ich so lange geschwiegen habe … Mein Mund ist trocken. Geben Sie mir etwas Wasser! Da auf dem Tisch steht es.«

Das leichte Zittern der Hände übertrug sich allmählich auf das Gesicht des Professors. War das neu? Oder hatte Corelli es vorher nur nie bemerkt?

»Sehen Sie, Corelli, das ist doch komisch: Am Anfang druckst man herum und erzählt die ganze Vorgeschichte, und am Ende, wenn man auf den Punkt kommen will, da fehlt einem plötzlich die Zeit.«

»Unsinn! Wir waren ja rechtzeitig hier.«

Di Landa trank und betrachtete das Foto, das immer noch auf seinem Bauch lag.

»Man macht sich selbst zu sehr zum Maßstab. Ich war damals davon überzeugt im Recht zu sein. Heute kann ich Lily verstehen. Wahrscheinlich ging es ihr wirklich um unsere Dreisamkeit, und der Rest war ihr egal geworden. Die Dreisamkeit des Spiels als lodernde Abschiedsfeier! Vielleicht glaubte sie nicht an die Zukunft.«

»Haben Sie Lily verlassen?«, fragte Corelli.

»Verlassen?« Di Landa entfuhr ein kaum zu definierender Laut, etwas zwischen Seufzen und Grunzen.

»Nein. Eben nicht.«

Die Tür ging auf, und eine Krankenschwester wollte den Blutdruck kontrollieren, Di Landa komplimentierte sie aber wieder hinaus: Nicht jetzt! Und wenn überhaupt, dann solle Marie das machen.

»Ihre Frau ist im OP.«

»Raus!«

Corelli rückte noch näher an den Erzähler heran. Fast sah

es aus, als würden die beiden in diesem Krankenzimmer eine Verschwörung planen.

»Je mehr ich mich gegen das Spiel stellte und je verletzender die Streitereien wurden, desto mehr zog sich Lily von mir zurück. Einmal versuchte ich noch, Zerbrochenes zu kitten, versuchte, ihr gut zuzureden. Doch es gab nur die üblichen Antworten: Wir würden doch ohnehin in diesem großen Haus zusammenwohnen. Und sie habe eben zwei Männer! Was daran schlimm sei?

Schlimm war, dass ich bald die ersten Heimlichkeiten zwischen Wolf und Lily bemerkte. Und dann verschwanden sie immer öfter für eine Weile, so wie Lily und ich es früher gemacht hatten. Eines Tages wurde die Vermutung zur Gewissheit, als ich die beiden im Dachgeschoss zwischen dem Gerümpel überraschte. Ich sagte Dinge zu Lily, die man besser nicht sagt, und Wolf wies mich scharf zurecht. Da zerbrach endgültig etwas. Allein fuhr ich mit dem Rad zu den Seen, strampelte mir die Seele aus dem Leib, bis die Lungen schmerzten. Das körperliche Leiden brachte Linderung. Und immer wieder schoss mir die Frage durch den Kopf, wie lange das mit Wolf und Lily schon so ging. Ich fühlte mich hintergangen, gedemütigt, betrogen. Und das bereitete ganz ungewöhnliche Schmerzen, die von der Magengegend in den ganzen Körper ausstrahlten – als hätte ich ein brennendes Messer verschluckt.

Am Abend suchte Wolf das Gespräch zwischen Männern. Die Rollen hatten sich geändert: Er war nun derjenige, der für Lily sprach. Es irritierte mich, dass er ständig Partei ergriff. Und dann kam er zur Sache: Es gebe Gerüchte über die baldige Einführung einer Visumpflicht, deshalb hätten sie keine Zeit zu verlieren. Lily wolle zwar eigentlich nicht fort, doch am Ende habe er sie überzeugen können. Er sagte: Das weißt du auch, dass sie als Jüdin nicht hierbleiben kann – und ich auch nicht. Wir schwiegen. Wolf fand als Erster die Sprache wieder: Sie fragt, ob du mitkommst. Morgen früh geht ein Zug nach Paris. Den wollen wir nehmen. – Das könne sie mir gefälligst selber sagen, echauffierte ich mich, und Wolf zuckte die Achseln: Überleg es dir! – Nein, danke, entschied ich.

Als ich am nächsten Morgen aufwachte, waren Wolf und Lily schon weg. Sie hatten sich nicht einmal verabschiedet! Zehn Minuten später erreichte ich den Bahnhof. Das Gewimmel der vielen Menschen, schrille Trillerpfeifen, unverständliche Kommandos. Lily und Wolf waren nicht zu sehen. Ein Zug fuhr ab, der Bahnhof stand unter Dampf. Mühsam hielt ich weiter Ausschau. Ich war mir meiner Sache sicher, und diese Sicherheit gewann allmählich die Oberhand über die Panik, die mich noch am Abend befallen hatte: Ich würde Lily in keinen Zug einsteigen lassen!

Dann entdeckte ich sie auf einem anderen Bahnsteig. Lily in ihrem zarten Veilchenkleid. Sie trug einen großen Lederkoffer, den sie immer wieder abstellen musste. Wolf folgte ihr mit zwei weiteren Koffern. Der Zug fuhr ein, ich musste mich beeilen. Ich lief die Treppen hinunter, fand den richtigen Aufgang und erreichte atemlos ihren Bahnsteig. Wolf stand schon im Zug, Lily reichte ihm den Koffer. Als sie die Stufe in den Wagen nahm, bekam ich ihr Handgelenk zu fassen – und ließ es nicht mehr los. Je lauter sie schrie, desto fester wurde mein Griff. Zwei SA-Männer kamen näher. Ich zerrte Lily aus dem Zug. Wolf stieg aus, ohne etwas zu sagen. Er stand einfach da. Die beiden SA-Männer traten nun näher und fragten barsch, was los sei. Lily hörte auf zu schreien, zitterte nur noch.

In diesem Augenblick verdichtete sich alles. Wir sahen uns an, und es war, als schauten wir uns alle drei gleichzeitig in die Augen, in die Augen und in die Seelen. Als wüssten die beiden anderen schon, was geschehen würde, womit ich für immer Schuld auf mich laden sollte, so traurig waren ihre Blicke. Dabei empfand ich selbst diesen Moment als völlig offen. Was ich tat, ergab sich erst. Es war kein Kalkül. Ich wollte nicht, dass Lily mit diesem Zug fuhr. Ich wollte sie aufhalten. Ich liebte Lily. Das war alles.

Für diesen Moment verstummten die Trillerpfeifen, verstummte das Zischen der Lokomotive, die Stimmen der sich verabschiedenden Menschen. Es verstummten die Kommandos der Bahnwärter, das metallische Hämmern der Bahnarbeiter, selbst die Frage der beiden SA-Leute verstummte. Alles verstummte. Der ganze Bahnhof. Nichts war mehr zu hören. Und in dieses Nichts hinein sprach ich, zwei Sätze nur, beging ich den nicht mehr wiedergutzumachenden Verrat an Lily, die ich liebte, und an Wolf, der mein Freund war; aber vor allem den Verrat an uns dreien, an unserer Vergangenheit und an unserer Zukunft.

»Es sind Diebe«, rief ich: »Sie haben meinen Koffer gestohlen!«

Anders wusste ich mir nicht zu helfen. Ich wollte ja nur, dass sie blieb, dass sie nicht mit diesem Zug fuhr. Was dann geschah, hatte ich nicht beabsichtigt. Doch gesagt war gesagt. Was ich in Bewegung gesetzt hatte, ließ sich nicht mehr rückgängig machen. Jemand im schwarzen Ledermantel tauchte aus dem Nichts auf, das Zischen der Lokomotive setzte wieder ein und auch die anderen Geräusche. Der mit dem Ledermantel instruierte die beiden SA-Männer, und eine halbe Stunde später saßen wir bereits in einem der oberen Stockwerke des Polizeipräsidiums am Alexanderplatz.

Welche Delikte tatsächlich untersucht wurden, kann ich nicht sagen. Ich weiß nicht einmal, ob man mir die Sache mit dem gestohlenen Koffer glaubte. Am Ende interessierte es wohl niemanden. Wolf hielten sie noch ein paar Tage fest, ich habe danach nie mehr etwas von ihm gehört. Ich kam noch am selben Tag frei. Da war schon alles vorbei. Denn das Schlimmste geschah während unserer Vernehmung.

Der Mann, der seinen Ledermantel ausgezogen hatte, sprach höflich und leise. Er erinnerte mich an unseren Lehrer, der Wolf und mir damals trotz seines Geschicks nicht das Geheimnis von dem zerbrochenen Globus hatte entlocken können. Man hatte uns die Pässe abgenommen. Sie sind Jüdin?, wandte sich der höfliche Herr an Lily. Keiner sagte ein Wort.

Vielleicht handelte sie im Affekt. Ich weiß nicht, was Lily mittlerweile über die Konzentrationslager wusste. Mich wunderte, wie sie überhaupt bis zum Fenster gelangen konnte. Hielt ich sie nicht immer noch fest? Alles ging furchtbar schnell. Selbst der höfliche Herr war überrascht. Warum stand das Fenster offen? Lily schwang sich über das Fensterbrett. Dabei blieb sie mit dem Saum ihres violetten Kleids am Fenstergriff hängen. Irgendwo riss der Stoff. Ansonsten war kein Geräusch zu hören. Nicht einmal der Aufprall des Körpers.«

# *Vierter Akt*

## 40

Corelli rückte die Kappe zurecht. Seit zehn Minuten wartete er schon an Isabellas Schule. Jetzt stürmten die ersten Kinder aus dem Schultor, und er hielt aufgeregt nach seiner Tochter Ausschau. Isabella kam, den Ranzen wie einen Koffer hinter sich her schleifend, als Letzte. Die Gene, dachte Corelli. Dann entdeckte sie ihn und – das hatte er so nicht erwartet – stürzte regelrecht in seine Arme.

»Gehen wir wieder Eis essen?«

»Später! Wir wollen doch Mama besuchen.«

Im Auto hielt er eine Überraschung für sie bereit: Die CD mit dem Song, der jetzt ständig im Radio lief und den Isabella von Anfang bis Ende mitsingen konnte. Vor Freude wurde seine Tochter ganz stumm, und Corelli war stolz auf sich.

Als sie die Klinik erreichten, setzte ein leichter Nieselregen ein. Er parkte den Wagen im Halteverbot und klemmte seinen Dienstausweis hinter die Windschutzscheibe. Isabella wollte den Aufzug nehmen. Sie fanden das Zimmer, die Tür stand offen. Gina trug wieder Joggingsachen, hatte jedoch am Morgen offensichtlich geduscht, die blonden Haare geföhnt und frisiert, die Wimpern frisch getuscht, einen Hauch türkisfarbenen Lidschatten und dunkelroten Lippenstift aufgetragen. Sie war schön und sehr lebendig – völlig deplatziert in diesem Krankenhaus. Corelli schob Isabella vor, die ihre Mutter küsste und umarmte; er selbst blieb ein wenig verlegen im Raum stehen. Keine falsche Bewegung! Gina schenkte ihm ein knappes, aber keinesfalls sarkastisches Lächeln. Das reichte Corelli für den Anfang.

Die Ärzte hatten ihr Mut und Hoffnung gemacht, wie sie fast aufgekratzt berichtete: Eine Chemotherapie sei zunächst unnötig, allenfalls eine leichte Bestrahlung ratsam, kein Grund zur Beunruhigung. Ihre Chancen stünden nicht schlecht. Und da sie offensichtlich vorbildliches Heilfleisch habe, könne man sie in zwei, drei Tagen schon entlassen. Die Fäden würden später ambulant gezogen.

Ansonsten wurde nicht viel gesprochen, weder im Krankenzimmer, noch später in der Kantine, wo sie zu Mittag aßen, zu dritt an einem weißen Tisch – wie eine kleine Familie. Wenn doch gesprochen wurde, dann in einem neuen Ton: Sachlich, aber nicht lieblos, irgendwie ehrlich. Corelli wusste nicht, was das bedeuten konnte. Aber das schien ihm im Augenblick auch nicht so wichtig.

»Vielleicht möchte ich wieder Klavier spielen«, sagte er. Gina antwortete darauf nicht, aber sie blickte ihn fast liebevoll an. So hatte sie ihn zuletzt in den Uffizien angesehen, mit diesem mädchenhaften Blick, damals vor vielen Jahren, als sie ihm das Licht in den Bildern Leonardos erklärte. Keine Schuldzuweisung in ihren Augen. Wenn sie ihn so ansah, wurde alles leicht. Dann könnte er ihr sogar von Di Landa erzählen; von dessen Geschichte, dem Dorf, dem Schuppen, dem Selbstmord. Von Marie schwieg er wohl besser.

In Begleitung seiner Tochter wollte er Di Landa lieber nicht besuchen. Also verschob er diesen Besuch auf den nächsten Tag. Doch wenigstens erkundigen sollte er sich. Also rief er abends im Krankenhaus an, während Isabella in ihrem Zimmer die neue CD hörte. Und so erfuhr Corelli das Unfassbare, denn der Tod ist immer unfassbar, erst recht wenn man am Tag zuvor noch miteinander gesprochen hat, erst recht wenn am Tag zuvor schon vom Tod erzählt worden ist.

DiLanda war noch in der letzten Nacht gestorben, nur wenige Stunden, nachdem Corelli gegangen war. Ein plötzlicher Herzstillstand. Einfach so. Mehr konnte man ihm am Telefon nicht sagen. Corelli hielt den Hörer noch lange in der Hand.

## 41

Ein sonderbarer Traum: Corelli geht mit Di Landa über die große Wiese, die immer noch rot strahlt vor lauter Klatschmohn; allerdings sind Blumen und Gräser erstaunlich hoch gewachsen, über die Maßen hoch. Insofern wirkt das, was Corelli und Di Landa veranstalten, weniger wie ein Spaziergang, sondern eher wie eine Expedition. In Ermangelung von Macheten müssen die beiden sich den Weg durch das Dickicht mit bloßen Händen bahnen. Am Ende der Wiese angelangt, stellen sie indes fest, dass der Schuppen verschwunden ist. Nicht einmal die Ruine und der Trümmerhaufen sind noch vorhanden, kein Steinchen, nichts. Vielleicht haben sie den falschen Weg eingeschlagen! Also versuchen sie es in einer anderen Richtung – wieder vergeblich. Am Ende ihres hektischen Hin und Her liegt die ganze Wiese zertrampelt da.

Zwei Wochen waren seit Di Landas Tod vergangen, und Corelli hatte sich seither nicht mehr im Dorf blicken lassen. Nicht einmal zur Beerdigung war er gefahren. Und je mehr Zeit verstrich, desto unmöglicher schien die Rückkehr. Zwei, drei Mal hatte er versucht Marie anzurufen, doch diese Versuche waren nicht über den Hörer in der Hand hinausgelangt. Jetzt aber nahm er allen Mut zusammen, verdrängte sämtliche Ausflüchte und brach auf.

Corelli fuhr übertrieben langsam über die verlassene Landstraße. Auf dem Beifahrersitz lagen in einer orangefarbenen Hülle die Fotos, die er gestern in einem Geschäft mit

24-Stunden-Service hatte entwickeln lassen. Er fand den Weg und erreichte das Dorf ohne Probleme. Niemand war zu sehen. Er parkte das Auto auf dem staubigen Kirchplatz und schickte einen skeptischen Blick in den Himmel, der sich wenig mühte, vertrauenserweckend auszusehen.

Die Kirche, die Tischlerwerkstatt, die Apotheke: Das alles ging ihn etwas an. Alles war ihm seltsam vertraut. Er wagte einen Rundgang um die Kirche in der Hoffnung und in der Furcht, Pater Giuseppe zu begegnen, dem er noch Dank für die Reparatur des Wagens schuldete. Doch Corelli blieb allein, und an der blauen Tür des Pfarrhauses wollte er nicht läuten. Weil die Apotheke der Barellis geschlossen war, warf er das Foto von der Diva am Löwenbrunnen in den Briefkasten.

Marie war zu Hause, und ihre Begrüßung an der Tür geriet erschreckend förmlich – Corellis Kondolenz fiel beinahe dienstlich aus. Er hatte noch eine Jacke im Gästezimmer. Und während Marie sie für ihn holte, wartete er wie ein Fremder vor der Tür. Dann bat sie ihn doch herein: Die Folianten in den hohen Regalen. Wer würde jetzt darin lesen? Sie nahmen Platz, wie bei ihrer ersten Begegnung, Marie in der üblichen Ballerinenpose.

Warum er nicht zum Begräbnis gekommen sei?

Das habe er nicht vermocht, erwiderte er ungeschminkt und hörte, da er einmal damit angefangen hatte, gar nicht mehr auf, sich zu entschuldigen. Er mache sich große Vorwürfe. Vielleicht hätte er an dem Abend das Krankenzimmer einfach früher verlassen sollen. Doch da fiel ihm Marie ins Wort: Er könne sich wohl denken, wie viele Vorwürfe sie sich mache. Sie habe den Zustand ihres Mannes für absolut stabil gehalten. Niemand habe diese Entwicklung vorhersehen können. Die Schuldfrage sei insofern müßig.

»Das Leben ist eine Ansammlung von Versäumnissen.«

Diese Aussage traf Corelli so sehr, dass er diesmal für den Klang ihrer Stimme unempfänglich war. Vor Verwunderung vergaß er zu nicken. Und als Marie nun erzählte – vom Tod ihres Mannes, von den Tagen danach, vom Trost der Dorfbewohner, vom Begräbnis –, da bemühte sich Corelli umso mehr, die Bedeutung der Wörtre zu ignorieren, aus Angst davor, nie mehr französische Musik hören zu können. Allmählich schwollen die Töne wieder an, begann der Raum zu klingen, und doch musste er zugeben, dass er vieles nur noch aus der Erinnerung hörte, und ahnte, dass auch ein so rauschhaftes Klangerlebnis von Mal zu Mal abnimmt wie alles, woran man sich gewöhnt.

Was sie nun machen werde?

»Ich gehe zurück nach Paris. Hier kann ich allein nicht bleiben«, antwortete Marie und strich sich wieder die Haare aus der Stirn.

Ob sie ihn etwas fragen dürfe?

Alles!

»Wenn ich meine Nachtdienste hatte … was hat er dir da erzählt?«

Corelli überlegte, schürzte die Lippen, wie Di Landa es gemacht hätte, ließ sich viel Zeit, atmete ein und wieder aus.

»Im Grunde … wie soll ich sagen … er hat erzählt …«

»Ja?«

»Wie glücklich er mit dir ist.«

## 42

Er hielt erst an, als er schon eine ganze Weile auf der A 1 in Richtung Bologna unterwegs war. Eine Zeit lang beobachtete er das Treiben auf dem Rastplatz durch die Windschutzscheibe. Nach und nach fraß sich die Sonne durch die Wolken. Er setzte die Sonnenbrille auf und stieg aus. Di Landas Geschichten gingen ihm nicht aus dem Kopf, verdichteten, überlagerten sich wie die Fragen, die er nicht mehr stellen konnte. An der Kasse der Tankstelle kaufte er ein Päckchen Zigaretten – leider gab es keine französischen –, steckte es ein und schlenderte vorbei an den parkenden Autos.

Dann fielen ihm die Fotos wieder ein. Er öffnete die Beifahrertür seines Wagens und griff nach der orangefarbenen Hülle. Alle Abzüge selbstverständlich in Schwarz-Weiß: Die Ruine des Schuppens, die Trümmerwelt, die große Wiese, im Hintergrund die Terrasse mit den Liegestühlen, die Kirche, ihr schmaler Turm, der wasserspeiende Löwe, der Kreuzweg des Tischlers, die merkwürdige Pilatus-Szene, Veronika mit dem Schweißtuch. Und dann Marie. Immer wieder Marie.

Marie inmitten der Landschaft oder auch nur ihr Gesicht. Die tanzende Marie von vorn, von hinten, von der Seite, Marie, die lacht, wie die Frau auf einem anderen Foto. Marie, die tanzt und ein Lied singt. Beatrice porte une robe rouge.

# *Epilog*

Paolo der Tischler sucht einen der Wasserkrüge, die sich nie dort befinden, wo man sie gerade braucht. Wenn er malt, wächst sein Durst ins Unermessliche, und über den Durst vergisst er alles andere. Die meisten seiner Bilder sind auf der Suche nach Wasser entstanden. Der Krug, den er findet, ist leer – also weiter. Manchmal malt er mehrere Bilder gleichzeitig, arbeitet immer wieder an einem neuen Detail in einem Bild, an dem er gerade vorbeikommt. Jetzt entdeckt er zwischen zwei Farbtöpfen eine halbvolle Karaffe, nimmt sie in beide Hände und schüttet sich das Wasser in den Hals. Geräuschvoll wischt er mit der Zunge die Tropfen von den Lippen, stellt das leere Gefäß irgendwo ab und ist schon wieder auf der Suche.

In den letzten Tagen führt ihn sein Weg immer häufiger zwischen zwei fast fertigen Bildern hin und her: ein Liebespaar in zärtlicher Umarmung und ein Fest im Freien. Von Mal zu Mal werden die Lippen der Frau voller, ist die Tafel, an der die Festgesellschaft sitzt, reicher gedeckt. Dabei könnte er selbst nicht sagen, wie sich die beiden Bilder im Laufe der Zeit verändert haben. Vielleicht hat der Liebhaber ursprünglich hinter seiner Geliebten gestanden; jetzt ist sie es, die von hinten die weißen Arme um ihn schlingt. – Jedes Bild ist in Wahrheit eine Vielzahl von Bildern, eine Überlagerung vergessener Schichten.

Das Verhältnis des Tischlers mit seiner Muse ist ein offenes Geheimnis. Keinem von beiden will man es verdenken. Viele im Dorf sind der Meinung, Pater Giuseppe habe das Wissen um diese Liebschaft als Druckmittel benutzt, als er händeringend nach einem Künstler für den Kreuzweg suchte. Doch da müsste man den Tischler inzwischen besser kennen! Der hatte sich nicht einmal von dem Gerede beeindrucken lassen, das aufkam, als sein Künstlertum schon allgemein bekannt war: Er treibe es mit kleinen Mädchen aus der Stadt, munkelte man, manchmal sogar mit Tieren. Wie zum Beweis war der Tischler am heißesten Tag des Jahres nackt auf einem Ochsen durchs Dorf galoppiert. Nein, Paolo der Tischler war nicht erpressbar. Gerüchte stachelten ihn höchstens zu neuen Unsäglichkeiten an: Als damals die ersten Andeutungen über die Untreue der Barelli die Runde machten, da hatte der Apotheker eines Morgens die mannshohe Skulptur eines Äskulapstabes vor der Tür entdeckt. Weil er sich zunächst nicht vorstellen konnte, was der Tischler damit bezweckte, ihm das Symbol seines Berufsstandes in Holz zu schnitzen, beschloss er, Größe zu zeigen und das Machwerk einfach zu ignorieren. Erst zwei Wochen später fiel ihm auf, was alle anderen Dorfbewohner längst wussten: Die fein herausgearbeitete Schlange kroch nicht um einen Heilstab, sondern um einen an der Spitze sichtlich erschlafften Phallus.

Der Tischler betrachtet das Bild der beiden Liebenden. In wenigen Augenblicken wird sie eintreffen. Ohne sie kann er nicht malen. Nicht, dass er sie als Modell benötigte. Die Liebende auf dem Bild trägt nicht die Züge der Barelli. Nein, er braucht ihre Anwesenheit – wie die Luft zum Atmen. Manchmal steht sie für Stunden hinter ihm, während er malt, und er rennt zwischen den Bildern hin und her, und beide sprechen kein Wort. Das ist sein wirkliches Geheimnis: Dass er sie liebt!

Wasser! Wieder führt ihn sein Weg zu der Feier im Freien. Alles bekannte Gesichter – und er selbst mittendrin. Gut, dass er das Begräbnis in eine Hochzeit verwandelt hat. Wo bleibt sie nur?

Signora Barelli findet ihn schlafend vor dem Bild der beiden Liebenden, die man leicht für Corelli und Marie halten könnte. Sie achtet nicht weiter darauf, sondern rückt Bilder und Stühle zur Seite, um sich neben ihn zu legen. Zärtlich streicht sie ihm mit der Hand durch das borstige Haar.

»Ich muss mal«, sagt der Tischler, als er die Augen aufschlägt.

*Für eine geduldige Doris, voller Ungeduld*

*Die Arbeit an diesem Roman wurde gefördert durch Stipendien des Landes Nordrhein-Westfalen, des Literarischen Colloquiums Berlin und des Berliner Senats.*

1. Auflage 2012


Lektorat: Melanie Heusel
Buch- und Umschlaggestaltung:
Steidl Design/Sarah Winter
Satz, Druck, Bindung:
Steidl, Düstere Str. 4, 37073 Göttingen
www.steidl.de
Printed in Germany by Steidl
ISBN 978-3-86930-463-2